Manchmal verschwand er für mehrere Tage. Und nie ließ er
erkennen, was er so alles trieb. Wenn man sein schlottriges ...

... Gerippe mit den krakenlangen Armen dann wiedersah, riefe
alle durcheinander: «Sieh an. Der Pulp. Da ist er wieder.»

Jean-Bernard Pouy

Pulp und die Petze

Deutsch von Stefan Linster

Wunderlich Taschenbuch

Deutsche Erstausgabe
Veröffentlicht im Rowohlt Taschenbuch Verlag GmbH,
Reinbek bei Hamburg, Mai 1998

Redaktion Juliane Kraus
Umschlaggestaltung Tandem Design
Bildseitengestaltung und Typografie
Karen Kollmetz & Daniel Sauthoff

Satz Poliphilus PostScript (PageOne)
Gesamtherstellung Clausen & Bosse, Leck
Printed in Germany
ISBN 3 499 26051 4

Der PULP wird nicht leicht weich.
Da muß man mit dem Hammer draufkloppen...

Gérard

PULP und die Petze 1

Vorsicht, nur ja aufpassen! Nachts laufen die Gleise zusammen. Jeder sagt, sie wären parallel, ein echter Mythos. Es gibt Momente, in denen man, nicht nur aus Müdigkeit, wirklich den Eindruck hat, daß sie sich dort am äußersten Rand des Lichtkegels der beiden Scheinwerfer berühren, und daß die Räder kurz davor abschmieren und ineinanderrasseln werden, und daß es dann eine richtige Katastrophe geben wird.

Wenn er den 89931 lenkte, dachte Charles Dutoît immer dasselbe, hatte immer dieselben Eindrücke. Nachts ist alles möglich. Das hatte er aus all diesen Büchern mit Horrorgeschichten, die er während seiner Jugend verschlungen hatte. Nachts bewegen sich die Häuser, werden die Augen rot, heulen die Leute und speien dabei Ströme von Blut, schleicht der Teufel auf Pferdefüßen die Klippen entlang, wenn es nicht der Tod selbst ist mit seiner von geronnenem Blut glänzenden Sense. Nachts tanzen die Kühe die Carmagnole, winden und verdrehen sich die Schienen der Züge und schlingen sich kreischend zu Knoten.

Der Schienenbus 89931 war die Pest. Abfahrt Rouen 22 Uhr 04, Ankunft in Dieppe 22 Uhr 43. Der letzte. Falls man den verpaßt, muß man in Rouen übernachten und dabei versuchen, nicht von Jeanne d'Arc zu träumen, die jammernd verschmort, und von Gilles de Rais am Fuß des Scheiterhaufens, der wie ein Kalb plärrt und sich für sie verzehrt.

Der Zug hatte gerade eben den Bahnhof von Auffay hinter

sich gelassen. Charles kontrollierte den Tacho. 90, in Ordnung. Maximum. Darüber rüttelt es hinten ziemlich. Er hatte nicht das Gefühl, eine Herde auf Rollen zu lenken wie bei dem 87083, der immer und ewig voll ist, mit all denen, die in Rouen malochen und in ihre Hundehütten in der Gegend um Clères zurückkehren. Nein, samstags abends, da geht's direkt nach Dieppe, nur ein paar Schlaffis machen es sich da hinter ihm bequem, versuchen vorbeihuschende Lichter zu orten, blättern noch einmal in ihrer Morgenzeitung, lösen die Kreuzworträtsel. Ein oder zwei dürften darunter sein, die wie tot ratzen. Die haben brav eine samstägliche Zechtour beendet und werden am Sonntag nach Dieppe gehen, um das Weekend prächtig über die Bühne zu bringen, indem sie sich in den Hafenpinten die Birne vollsaufen. Wie in dem Lied von Brel. Amsterdam, mit dem Matrosen, der auf die Sterne pißt.

Charles Dutoît dachte daran, daß das der erste Samstag im Monat war, und daß auf **Canal Plus** so um Mitternacht der monatliche Porno käme. Den würde er sich noch mal leisten. Hoffentlich würde Françoise ins Bett gehen. Er sagte ihr jedesmal, daß er nicht schlafen kann und noch etwas fernsehen will, um den Kopf leer zu bekommen. Und dann, wie jedesmal, würde er schnell besoffen sein von diesen ganzen Rumturnereien und den Fernseher ausmachen und dabei denken, daß es doch wirklich nicht zu glauben ist, daß Leute das mit soviel Natürlichkeit vor anderen machen können.

Die Strecke war sehr kurvenreich im Tal kurz vor Offranville. Er versuchte sich vorzustellen, wie die Kühe auf den Weiden lagen und den Zug hörten, ohne ihn zu sehen, nur ein Grollen in der Nacht. Dachten die Kühe eigentlich auch an die Hölle? Und was war die Hölle denn so, für eine Kuh? Im Steakhaus **Hippopotamus** arbeiten?

Ein kurzes Hupsignal. Ein ungesicherter Bahnübergang. Pech für die, die jetzt schon schliefen. Die große Rechtskurve.

Tagsüber sah man hinter der Weidenhecke das hübsche Fachwerkhaus des Marineux-Hofes. Mit dem Pierre war er zur Schule gegangen. Überall hatte der verkündet, daß er niemals Bauer werden würde, lieber krepieren, ein ganzes Leben im Kuhmist, das ist doch unmenschlich. Und er, Charles, wie ein Echo, daß er niemals in dieser verdammten modrigen Ecke bleiben würde, wo es die ganze Zeit regnet, wo die Pilze einem bis in die Latschen wachsen, wo die dicken orangebraunen Nacktschnecken Fußabtreter sind. Das Ende vom Lied: dreißig Jahre später fährt der Dutoît den Bummelzug auf genau der Strecke, die ganz nah am Hof vom Marineux, der fünfunddreißig Kühe hat, vorbeiführt.

Mit einemmal drehte sich Charles der Magen um. Das Blut wich ihm im Bruchteil einer Sekunde aus Kopf, Brust und Armen. Seine Hand begann zu zittern, verfehlte die Bremshebel. Die Höllenhunde! Im harten Weiß der Scheinwerfer hatte er etwas gesehen, nur flüchtig, ein Aufblitzen, direkt hinter einer etwas engen Rechtskurve, zwei Personen mitten auf den Gleisen, brüllend, die ihn mit weit aufgerissenen Augen ansahen, und dann hatte er gespürt, wie sie unter ihm verschwanden, gerade so, als ob er selbst sie geschluckt hätte. Und dann der Aufprall. Weich. Charles drückte auf die Notbremse, die die Klötze blockierte. Pech für diejenigen, die hintendran ratzten, sie würden in zwei Sekunden den Platz wechseln. Pech für das Gepäck, das durch die Gegend purzeln müßte. Scheiße, Scheiße, Scheiße, das ist doch nicht wahr, brüllte Charles, dessen Arme jäh krampfartig zu zittern begannen.

Die beiden Waggons des Schienenbusses brauchten hundert Meter, um zum Stehen zu kommen. Zehn Sekunden. Ohne zu atmen – alles in ihm war blockiert, als hätte er auch in sich selbst eine mächtige Bremse gezogen –, hatte er die Scheibe der linken Tür heruntergelassen und eine Unendlichkeit den Funken zugesehen, die das Schotterbett erhellten.

Endlich blieb der Triebwagen stehen. Charles sprang mit einer Stablampe in der Hand auf den Bahndamm. Alles war sehr dunkel, die Beleuchtung der beiden Waggons warf ein wenig Gelb auf die Seiten des Bahndamms. Er sagte sich noch, daß die normannische Nacht ihm einen Streich, irgendeinen Hexenzauber, gespielt habe. Dann ging er vorne um den Triebwagen herum und sah, etwas unterhalb, die glänzende Spur zweier blutiger Streifen.

Schlagartig wurde sein Kopf ganz heiß, wie bei einem Fieberschub. Er sagte sich Scheiße und noch mal Scheiße und verdammte Hurenscheiße, als wäre dies ein Gebet an den Teufel. Er ging, ohne zu atmen, aber humpelnd, die Waggons ab, in denen die Leute sich von einem Sturz hochzurappeln schienen. Einem wüsten Durcheinander. Alles brüllte herum, schaute aus den Fenstern. Ein Kind heulte. Verdammter Puff, ausgerechnet mir muß das passieren, hatte er noch Zeit, sich zu sagen. Schnell, es muß was getan, die Feuerwehr und der Bahnhof von Dieppe müssen benachrichtigt werden. Charles hörte hinter sich den Zugführer, der nach ihm rief, doch er konnte nicht stehenbleiben, er stapfte in die Nacht hinein wie ein Automat.

Schnell fand er die beiden zerschlagenen Körper, zermatscht und zerstückelt. Er brach in lautes Schluchzen aus.

Und dann, da er noch ein paar Meter weiterging zwischen den Schienen, immer noch taub gegenüber den Rufen hinter ihm, als hätte er eine verstimmte Fanfare im Kopf, dann erblickte Charles im trüben Strahl seiner Taschenlampe die beiden mit Handschellen an das Gleis gefesselten Hände. Die eine war glatt abgequetscht, die andere hatte noch einen Unterarm. Bevor er in Ohnmacht fiel, hatte Charles gerade noch Zeit, sich noch mal darüber zu beklagen, daß das ausgerechnet ihm passieren mußte. Scheiße.

«Ich wette, daß der die Sache über den Selbstmord unterm Zug liest!» blökte Gérard, während er sich die Hände an einem Lappen abwischte. «Ich wette zwanzig Mäuse.»

«Topp!» erwiderte ein kleiner Dicker im Anzug, der sich sofort vom Zinktresen losriß und auf den Tisch zuging. Vorsichtig schlich er sich hinter Gabriel und las, über dessen Schulter hinweg, den Artikel im **Parisien**, der auf dem Tisch ausgebreitet lag und oben rechts von einer Kaffeetasse und links von einer mit Croissantkrümeln besäten Untertasse festgeklemmt wurde.

«Mit Handschellen an die Gleise gefesselt!» schrie er, die fette Schlagzeile von weitem lesend.

«Laß mich in Frieden ...», grummelte Gabriel und rutschte dabei auf seinem Stuhl hin und her.

Der kleine Dicke hatte gerade zwanzig Francs verloren. Anstandslos kehrte er an die Bar zurück, knallte zwei Zehnfrancstücke auf die Theke und trank seinen Pastis zu Ende. Mit triumphierender Miene nahm Gérard die gelben Dinger und warf sie wie ein wahrer Tresenbasketballer mit einem magic move in die Trinkgelddose.

«Fürs Personal!»

«Ich hab mich drankriegen lassen», seufzte der kleine Dicke. «Aber es hätte ja auch der Artikel über die Schießerei in Montmagny sein können. Schließlich haben die da drei Typen mit 'nem Maschinengewehr umgenietet. So was sieht man auch nicht alle Tage.»

«Tjaa, aber das ist noch nicht richtig blutig. Für Gabriel wird's erst interessant, wenn der Saft so richtig gemein verteilt ist. Und in dem Fall kommt er voll auf seine Kosten. Mehr als hundert Meter weit haben die beiden Herzchen die Strecke neu gestrichen ... Und da bestand wirklich keine Gefahr, daß die sich noch davonmachen! Die hatten sich mit Handschellen gefesselt und mit Fahrradschlössern an die

Schienen gekettet. Und man hat, na ja, man, also die Quacksalber von der Autopsie, die haben die Schlüssel der Fahrradschlösser und der Handschellen im Magen von dem Typ und von dem Mädchen gefunden. Das nenn ich doch mal 'nen Selbstmord, das ist nicht wie mit Tabletten, wo man sich das Licht auspustet und dabei auf den Krankenwagen wartet ... Wenn man sich wirklich abmurksen will, dann macht man es richtig. Ehre den Tüchtigen!»

Gérard redete hochtrabend herum, wie es seine Gewohnheit war. Er herrschte über sein **Bar-Restaurant** wie Theodora über Byzanz. Er bediente im Schankraum wie am Tresen, führte die Kasse und das große Wort und wachte über seine kleine Welt. Er begrüßte neue Gäste herzlich, achtete die alten und kümmerte sich um die geistig-moralische und körperliche Gesundheit seiner Stammgäste.

Dazu zählte auch Gabriel, der jeden Morgen seit Anbeginn der Welt herkam, um seinen doppelten Espresso und drei **Tartines** immer am selben Tisch zu sich zu nehmen. Heute ist wohl ein besonderer Tag, hatte Gérard sich gesagt, als der andere statt der belegten Brote Croissants bestellt hatte. Gabriel brachte jedesmal unwandelbar eine Dreiviertelstunde damit zu, die Zeitung und die vermischten Nachrichten zu lesen. Worauf dann stets eine heftige Diskussion über die Tragweite von makabren Vorkommnissen losbrach. Und dann nannte der eine den anderen einen stumpfsinnigen Dummkopf, der keine Ahnung habe, und der andere warf dem einen all das an den Kopf, was er nicht zwischen den Zeilen gelesen habe, weil er dafür ja zu blöd sei. Für Gérard waren diese Ausschnitte aus dem prallen Unglück ein untrügliches Zeichen der Blödheit der Leute. Für Gabriel waren sie der Beweis, daß es um die Welt schlimm bestellt war. Die anderen Gäste, ob nun Stammgäste oder nicht, hatten stets das wonnige Gefühl, an einem Tag großer Parlamentsdebatten im Palais Bourbon zu sein. Sie zählten die Punkte und hatten häufig einen Mordsspaß, ergriffen aber nie Partei. Denn schließlich war der eine der **Patron** ihrer Lieblingspinte, und der andere, ein stämmiger Typ von beinahe zwei Metern, ein wenig empfindlich. Außerdem hatte er Arme von etwas anormaler Länge.

«Das ist ein richtiger Selbstmord, das steht jedenfalls fest», fuhr der Wirt fort. «Die haben sogar einen Brief hinterlassen. Also, he ...»

«Warum regst du dich so auf?» warf Gabriel ein.

«Weil ich dich schon sehe, wie du mir gleich kommst, wenn du nämlich glaubst, daß ich dich nicht schon sehe, wie du mir gleich mit deinem hinterfotzigen Blick kommst ...»

«Aber nein, du siehst gar nichts. Du siehst nichts, wie immer. Und du siehst nichts, weil's nämlich nichts zu sehen gibt.»

Gérard war keiner von der Sorte, die sich was erzählen ließen. Wie der Aktivist an der Basis, der er gleichwohl nie gewesen war, verstand er es, das Thema geschickt zu wechseln, um den Gegner einzulullen. Und zwar – wirklich meisterhaft! –, indem er einen anderen zum Zeugen anrief. In dem Fall war es der kleine Dicke im Anzug, der dafür herhalten mußte.

«Obendrein scheißt er auf diese Zeitung, und trotzdem verschlingt er sie jeden Morgen ... Der Gabriel, der ist ein Kropophage, du weißt schon, einer, der zwanghaft Scheiße frißt.»

«Man sagt Koprophage, wenn man kein analphabetischer Limonadenhändler ist», entgegnete Gabriel.

Um seine Niederlage zu vertuschen, brach Gabriel das Ganze ab und brüllte wie ein wahnsinniges Rind in Richtung Küche, Vlad solle Léon zum Pissen rausführen. Léon war die Lokaltöle, einer dieser deutschen Café-Schäferhunde, die vor lauter lieb sein am Tag und wild bei Nacht ganz paranoid sind. Dieses haarlose Monster mit seinen vom

Alter leicht verschleierten Augen saß steif und fest neben Gabriels Tisch auf seinem Arsch und hoffte auf das verbotene Zückerchen. Gabriel mochte diesen Köter sogar ein bißchen nach all der Zeit, in der er ihn jeden Morgen unbeweglich wie eine Sphinx dahocken sah. Dabei hatte er eine heilige Abneigung gegen Hunde wie auch gegen Tauben, da die ersteren die Gehsteige seines Arrondissements gewissenhaft vollbutterten und letztere die Exkremente der ersten fraßen. Er mochte Léon, weil er ihm wie eine zum Mobiliar seiner Lieblingskneipe gehörende chinesische Vase vorkam. Und dieses Café war sein Zuhause, genauer sein Salon, seine Bibliothek. Sein Schlafzimmer war stets in irgendeinem Hotel. Zur Zeit nächtigte er im **Hôtel des Taillandiers** in der gleichnamigen Straße. Das Café, in dem Gérard lauthals herumgrölte, hätte Gabriel jedoch niemals verraten, weder für eine dieser Tapas-Bars, die derzeit in der Umgebung florierten, noch für eine ölige Pizzeria, und erst recht nicht für eins dieser protzenden und lärmenden Bistros, die mit mehr oder minder phantasievollen Namen die Nachtschwärmer anlockten und die Straßen rund um die Avenue de la Roquette regelrecht verschandelten.

Sein Bistro hatte allerdings einen ganz unglaublichen Namen. Eine wirklich unmögliche Adresse für jedwede Verabredung. Es hieß *Au Pied de Porc à la Sainte-Scolasse*. Nach dem berühmten Schweinsfußrezept einer kleinen Stadt im Département Orne, aus der der Patron gebürtig war. Und **tout Paris**, nun ja, zumindest der Teil der Gesellschaft, der meinte, daß ein Schweinsfuß es mit jedem überschätzten Kalbskopf in puncto Geschmacksvollendung aufnehmen kann, lief in dem unscheinbaren Lokal ein, um dieses heilige Werk in Gelee zu kosten. Das Rezept war, mit Ausnahme einiger von Gérard geheimgehaltener Zutaten, an einer Wand angeschlagen, mitsamt passendem Histörchen. Gut die Hälfte der entzückten Gäste schrieb es in der Hoffnung ab, es genau so hinzubekommen wie der Herr des Hauses. Mittags herrschte mehr als Hochbetrieb, da rauchten nicht nur die Töpfe. Und alle packten mit an, Gérard, Vlad, Maria, die *bessere Hälfte* des Patron, denn die den Schweinepfötchen nicht so Zugeneigten konnten natürlich auch andere, ebenso althergebrachte, ebenso schmackhafte Gerichte verspeisen.

Gérard weigerte sich jedoch standhaft, zwei Mahlzeiten am Tag anzubieten. Seine Begründung: ein Schweinsfuß in Gelee mit dunkler Soße (Cognac und Dörrpflaumen) genüge, der Leber vierundzwanzig Stunden zu tun zu geben. Morgens und abends fand die Stätte also zu ihrer vornehmsten Funktion zurück, die einer Kneipe. War ein Bistro genau wie die anderen in dieser Ecke zwischen der Rue de Charonne und der Avenue Ledru-Rollin. Mit orangefarbenen Lampen, einer mittelbraunen, großgemusterten Tapete, zwölf kleinen, wachsblättrigen Grünpflanzen auf den Tischen und einem Foto, groß wie die Wand, vom Rathausplatz von Sainte-Scolasse. So gediehen hier, in das mit Kippen vermischte Sägemehl gepflanzt, die Stammgäste.

Und Gabriel, den konnte man jeden Morgen hier sehen, annähernd zur selben Uhrzeit, stets am selben Tisch, in der Nähe des großen Fensters. Manchmal verschwand er für mehrere Tage, ein paar Wochen auch, doch dann erhielt man Nachricht, Postkarten von ihm. Er war auf Reisen. Und nie ließ er erkennen, was zum Henker er auf seinen Wanderschaften so alles trieb. Wenn er schließlich zurückkehrte, sah man aus der Kneipe erleichtert sein großes schlottriges Gerippe die Avenue Ledru-Rollin überqueren, die krakenlangen Arme schlenkernd, als ob er nichts mit ihnen anzufangen wüßte, und alle riefen durcheinander: «Sieh an. Der Pulp. Da ist er wieder.»

«Mit zwei Armen mehr», ulkte Gérard, der sich freute, den Gast wiederzusehen, den er seit über zwanzig Jahren kannte.

Vlad, eine lange Bohnenstange mit wilder Zottelmähne,

kehrte soeben mit dem erleichterten Léon auf den Fersen von draußen zurück. Wortlos wie gewöhnlich, und unter dem mitfühlenden Blick Gérards, der sich wie Chlodwig vorkam, der Attila an sich vorbeiziehen sieht.

«Der da, im Mittelalter hätte der Dracula sein können», sagte der kleine Dicke im Anzug.

«Reden Sie keinen Schwachsinn, in Rumänien war der ein großer Arzt. Muß schon ein Intellektueller sein, um so schnell zu lernen, wie man einen Schweinsfuß zubereitet ...»

«Vielleicht war er Fußpfleger früher ...»

«Jetzt mach aber, daß du dein Glas bezahlst, und dann läßt du mich in Frieden. Ich hab keine Lust, mich aufzuregen, heut ist Montag.»

Die Stammgäste lachten, wodurch sie sich in jedem Fall die Gunst des Patrons sicherten. Und dann begannen sie über Politik zu reden.

Gabriel hörte nicht zu. Er las noch immer die Zeitung. Und kam immer wieder zu dieser grauenhaften Selbstmordgeschichte zurück. Ein Schauer lief ihm den gewaltigen Rücken herunter, wenn er sich nur ansatzweise vorstellte, wie sich die beiden Jugendlichen an die Schienen fesselten. Wie sie sich zwangen, die Schlüssel der Fahrradschlösser zu schlucken. Da brauchte es mehr als Verzweiflung, um derart entschlossen zu sein. Da mußte man sich ganz sicher sein, daß das Leben die Hölle war.

In dem Artikel gab es, von den gewohnten bluttriefenden Einzelheiten abgesehen, nicht sonderlich viele Informationen über die Herkunft der beiden. Lediglich ihr Alter, 17 und 19. Nichts über ihre Familien, über die Verhältnisse, was Gabriel vermuten ließ, daß es sich um normale Bälger aus normalen Familien handelte. Ansonsten wäre man sicherlich versorgt worden mit der ganzen Tirade über Armut und Verelendung, Drogen, Müßiggang, Hausbesetzungen und dem ganzen Mist. Aber hier, nichts. Nicht die Bohne. Außer, daß sie als Erklärung einen Brief hinterlassen hatten, und daß das der Polizei genügte. Ein bewegender Brief, hob der Korrespondent hervor.

Gabriel notierte sich seinen Namen, einfach so, seine Art und Weise eben, den Job anzupacken. Weil er wußte, daß wieder einmal eine neue Runde begonnen hatte. Anhand eines Nichts, eines Schimmers, einer Eingebung, einer kleinen, von anderswoher kommenden Stimme, wahrscheinlich der Stimme eines dieser Bälger, die über irgendwelchem Schotter in der Haute-Normandie verstreut lagen.

Gérard hatte sich, den Lappen in der Hand, Gabriel genähert und warf einen Blick über die Schulter seines langen Gastes.

«Da muß man doch wirklich ziemlich verdreht in der Zwiebel sein, um so was zu machen ... Die Sache mit den Fahrradschlössern ...»

«Wenn man sich unter einen Zug wirft, dann wirft man sich unter einen Zug. Das da, das sieht ein bißchen nach Western aus, finde ich.»

«Nur, daß Zorro nicht gekommen ist.»

«Nein», antwortete Gabriel sanft. «Und selbst wenn Zorro gekommen wäre, dann hätte er verdammt gutes Werkzeug gebraucht, und zwar Metallsägen und Kneifzangen. Die Sache stimmt hinten und vorne nicht. Ich jedenfalls finde das merkwürdig.»

«Du siehst das Böse überall. Du hast was von Zola im Kopf. Gorgonzola sogar.»

«Weil es deiner Meinung nach normal ist, sich so zu verabschieden?»

«Wir leben in 'ner Republik. Jeder macht, was er will.»

«Tjaa. Und wenn dieser jeder nicht will, was macht man dann? Bindet man ihn fest?»

«Da haben wir's, jetzt geht das wieder los!» blökte Gérard, der anfing, grimmig die Resopaltische zu wienern, wobei er sich in Richtung Küche vorarbeitete. «Gleich werden wir mit dem ganzen Sermon beglückt!»

Im selben Moment platzte seine Frau Maria mit ihrem dreirädrigen randvollen Einkaufswagen herein. Maria war Katalanin, und die Liebe war schuld, daß sie sich mit Schierem und Kaldaunen abgab.

«Ich habe günstigen Barsch bekommen», verkündete sie in die ehrfürchtige Stille.

Doch bevor sie Richtung Küche verschwand, ging sie im Slalom um die Tische und küßte Gabriel auf die Stirn.

«Salut, Durruti», sagte Gabriel zu ihr, ohne den Kopf zu heben.

«CNT-FAI!» schrie sie darauf und reckte die geballte Faust.

«Ein' im Tee, oder wie?» brüllte Gérard zurück, von der Küche aus. «Mach voran, Maria, wir haben dick zu tun. Ich habe heute mittag zwanzig Füße.»

Gabriel reckte sich auf seinem Stuhl und sah sich die anderen Gäste an. Der kleine Dicke im Anzug trank gedankenverloren, ein Bein über das andere geschlagen, seinen Brandy zu Ende. Er war der Buchhalter des Requisiten- und Kostümverleihs für Film und Fernsehen in der Rue Basfroi. Im hinteren Teil, auf der Bank mit dem rutschigen Englischleder, saß der *Professor*, der die Maschine mit Muscadet in Gang hielt und seit vier Jahren seine Dissertation über einen französischen Philosophen, Malebranche, fertigstellte. Bei einem solchen Namen, da werden Sie sich Ihre Laufbahn noch absägen, hatte Gérard irgendwann feinsinnig von sich gegeben. Dann waren da noch die beiden Typen der EDV-Firma direkt nebenan, die sich mittels Martini ihre Mac-Intoxikationen verpassen kamen; der Holzhändler en détail, der mit doppelten Espressi funktionierte; und die Verkäufer der Teppichbodenhandlung en gros an der Kreuzung Charonne, die mit Gabriel häufig über Bier diskutierten. Seitdem er ihnen erzählt hatte, daß er in der Schweiz Schmillhaus getrunken habe, das stärkste Bier der Welt, war er für sie so etwas wie ein Schutzheiliger. Sie waren beinahe alle da, dazu noch ein oder zwei zufällige Gäste, und Gabriel betrachtete sie. Doch sein Blick ging durch sie hindurch, denn seine Gedanken waren nachlässig, nervös und aufgewühlt zugleich. Wie eine leichte Entzugserscheinung. Wie jedesmal, wenn er bald aufbrechen würde. Ein Gefühl, das ihm ein gewisses Vergnügen bereitete. Er würde aktiv sein, würde sich einmischen und sein soziales Gewissen beruhigen. Aber da war auch eine diffuse Angst, weil er der allgemeinen Brutalität der Welt die Stirn bot.

Er stand auf, bezahlte seinen Kaffee und drei belegte Brote. Gérard sah ihn von der Seite an. Er hatte verstanden. Und er würde keine Fragen stellen.

«Bis bald, Pulp ... Möge der heilige Schinken dich beschützen ...»

Gabriel lächelte ihm eher wie eine Muräne zu und trat hinaus auf die Avenue Ledru-Rollin.

Auf der anderen Straßenseite knallte eine Politesse gerade ein Knöllchen an eine Windschutzscheibe. Gabriel überquerte die Fahrbahn und näherte sich ihr gelassen.

Die Frau sah ihn, erblaßte, zerriß den Strafzettel und machte sich Richtung Rue de Charonne davon.

PULP und die Petze 3

Der Schienenbus fuhr an. Geräusch von altem Eisen, schmieriges Licht, das wütende Schnauben des Dieselmotors. Gabriel schauderte ein wenig. Es war nun genau eine Woche her, daß dieselben beiden gelbroten Waggons, ein Stück weiter auf der Strecke, die Körper von zwei schönen jungen Menschen zu Brei zermatscht hatten.

Er nahm seine Leinenmütze ab, drückte sich gegen das Fenster und versuchte, durch die Scheibe zu erspähen, wie das Leben da draußen wohl sein konnte. Doch es herrschte fast völlige, mattschwarze tiefe Dunkelheit. Um ihn herum saßen ein paar Reisende, darunter zwei komplette Großfamilien von Schwarzen, in zerknitterten Boubou-Umhängen und mit völlig übermüdeten Bälgern auf dem Schoß. Leute, die von weither kamen und wahrscheinlich mit der Fähre nach England wollten. Über den Hafen von Newhaven in das gelobte Land zu gelangen, würde für sie eine verdammt beeindruckende Erfahrung sein. So ähnlich dürften sich jene Immigranten am Anfang des Jahrhunderts gefühlt haben, die an den Kais von New York landeten.

Gabriel versuchte sich zu entspannen. Die Woche war ziemlich stressig gewesen, wie jedesmal, wenn er aufbrach. Er hatte sein Hotelzimmer bezahlen und seine Sachen ausräumen müssen. In zwei großen Reisetaschen aus Leder hatte er alles auf Cheryls Speicher geschafft. Kam überhaupt nicht in Frage, das kleine Appartement der Dame vollzustellen, das genauso ordentlich aufgeräumt und dekoriert war wie eine Barbie-Puppenstube. Und vor allem hatte er den Blicken und stummen Vorhaltungen seiner Freundin trotzen müssen. Die war keine von der Sorte, die sich die Haare raufte, o nein. Cheryl war nämlich Friseurin, und das brushing war ihr heilig. Sie zog bedeutungsvoll und ganz einfach nur ein Gesicht. Cheryl führte seit fünf Jahren einen kleinen und schmucken Coiffeursalon in der Rue Popincourt. Ihr Appartement, direkt darüber, das waren zwölf Wände, dekoriert mit ihren Lieblingsfotos von Elsa Martinelli, Michele Pfeiffer und Marilyn Monroe; drei Räume in Rosa, von allgemein synthetischer Beschaffenheit und von unglaublich vielen Plüschtieren bewohnt. Gabriel hatte, geduldig wie er war, die starrsinnig verzerrten Züge der jungen Frau ertragen. Nicht einmal häßlicher wurde sie davon. Und er hatte auch seine körperliche Ausdauer bei der Liebe bewiesen, denn Cheryl dachte jedesmal, bevor ihr Geliebter loszog, es wäre das letzte Mal, daß sie ihn berührte.

Er hatte seinen Aufbruch sorgfältig vorbereitet, seine *Sachen* geholt, Kleidung, darunter seine Kampfmütze, wie er sie nannte, diverse Ausweise, von denen die meisten gefälscht waren. Er hatte ein Buch ausgesucht, um in hohlen Momenten was zum Nachdenken zu haben, und in ein leicht öliges Handtuch eine Waffe eingeschlagen. Dieses Mal hatte Pedro ihm eine Beretta-Pistole mit abgefeilter Seriennummer sowie drei Magazine zugeschoben. Die obligatorische Diskussion mit dem alten Drucker war sehr schnell ausgeartet, war Gabriel doch wirklich genau wie sein Vater, ein dickschädeliger Esel, der Real Madrid mit Atletico verwechselte. Dennoch hatten sie zum Abschied herzlich ihre breiten Brustkörbe aneinandergedrückt, nachdem Pedro die üblichen zehntausend Mäuse in die Tasche gesteckt und Gabriel eine Waffe zum Anwärmen unters Hemd geschoben hatte. Eine Waffe, von der er nie erfahren würde, ob sie schon mal benutzt worden war.

Er hob den Kopf, um nach seinem kleinen Leinenrucksack zu sehen, der über ihm im Gepäcknetz lag und sich wegen des Holperns und Schaukelns leicht bewegte. Einen kurzen Moment dachte er daran, daß er wieder mal allein war, daß er alle Taue gekappt hatte, wie ein Leichtmatrose, der nicht wußte, wo er sich einschiffen und was ihm die Zukunft bringen würde. Er ahnte nur, daß es hart werden würde. Sein Vorgefühl hatte noch nie getrogen. Und da war es, dieses charakteristische Prickeln, zweifellos.

Er kam sich ein bißchen wie die Afrikaner auf den Sitzen nebenan vor. Entfremdet, verschoben. In die Schwärze draußen starrend, als ob diese ganze Finsternis bereits Sinnbild ihres zukünftigen Lebens wäre. Allerdings hatte er keine Bindungen, keine Kinder. Auch keine feste Adresse. Seine einzige Rückzugsbasis war Cheryl, wenn man so sagen konnte. Ohne großes Aufheben verwahrte sie seine paar Habseligkeiten und stellte niemals Fragen. Gabriel kannte die hübsche Cheryl schon seit der Volksschule, Rue Saint-Bernard. Und nach und nach waren sie zu regulären Geliebten geworden, mit der einen oder anderen Unterbrechung. Unter ihren etwas flittrigen Kleidern von manchmal perfekt schlechtem Geschmack verbarg Cheryl den sehnigen, kampfgestählten Körper einer Göttin, und ihre erotischen Spiele hatten manchmal was von Katzencatchen. Wobei Gabriels lange, linkische Arme ihm bei den wirklich großen Gelegenheiten nicht unbedingt hinreichten. Sie war intelligent und manchmal erstaunlich gebildet. Gabriel fragte sich, woher sie das alles wissen konnte, da sie doch bloß diese hirnrissigen Wochenzeitschriften las, die sie für ihren Salon gratis bekam.

Wie dem auch sei, dank ihr und seiner Hotelexistenz konnte er jedenfalls durch die Maschen des sozialen Netzes schlüpfen. Ein anonymer Spaziergänger gewissermaßen. Keine Steuern, keine Bank, weder Telefonrechnungen noch Stromgebühren. Seine eiserne Gesundheit hatte ihm bis jetzt erspart, sich im Versicherungssystem zu verirren, und ein gutes Dutzend falscher Papiere jeglicher Art hatten ihm erlaubt, nicht allzusehr auf sich aufmerksam zu machen. Harmlose Papiere zwar, aber doch sehr nützliche. Er war nicht wirklich allein, eher ein Einzelgänger. Feiner Unterschied. Ein Wolf. Er hätte sich gewünscht, als Wolf wiedergeboren zu werden. Pech. Leider nannten die anderen im Café ihn den Pulp. Obwohl er überhaupt nicht zu der fischigen Sorte gehörte. Krakenarmig vielleicht, aber schleimig keinesfalls. Und außerdem war sein Blick weit davon entfernt, glotzäugig zu sein. Samtig ja. Man sucht sich seinen Spitznamen eben nicht aus.

Im Moment jedoch fielen ihm die Augen langsam zu, trotz dem Rattern der Schienen und dem Ruckeln des Zuges, der sich durch die Nacht schob. Der Lokführer wollte wohl eilig nach Hause. Oder noch zum Hafen gehen, um sich einen hinter die Binde zu gießen. Vielleicht war es derselbe, der den letzten Blick der noch lebenden Kinder aufgefangen hatte. Man würde sehen.

Gabriel stand auf und holte das Buch aus seinem Rucksack. Er hatte eine Haiku-Anthologie mitgenommen, eine Studie über einen seiner Lieblingsdichter, Matsuo Bashō. Er wählte ein Haiku aus, um darüber nachzudenken.

Ist der Kopf mir leer
Und umgarnet mich der Schlaf
Ist alles mir Lärm

Wie wahr, wie wahr. Darüber brauchte man sich nicht erst den Kopf zu zerbrechen.

PULP *und die Petze* 4

Der Schienenbus hielt 22 Uhr 41 – zwei Minuten zu früh – im weitläufigen Bahnhof von Dieppe. Gabriel sprang auf einen quasi verwaisten Bahnsteig. Etwas weiter hinten die gewaltige und nunmehr völlig lachhafte Halle. Eine Halle der verlorenen Schritte, leer bis auf zwei oder drei Personen, die auf eintreffende Reisende warteten.

Es war kühl, und schon hier roch die Luft kräftig nach Jod und Meer. Gabriel atmete tief durch. Es war zwar nicht der Duft des 11. Arrondissements, aber diesen mochte er auch. Es war derselbe, der den Romanen von Conrad oder Traven entströmte.

Er ging den ersten Waggon entlang und wartete, bis alle Fahrgäste ihn überholt hatten und der Lokführer aus seiner Kabine stieg.

Ein junger Typ mit Nylonjacke. Das Haar blond. Sah müde aus. Er machte eine Miene, als sagte er sich, schon wieder so ein Kerl, der den Führerstand besichtigen will, ein Eisenbahnfreak, einer, der **La Vie du Rail** abonniert hat.

«Guten Abend, darf ich Ihnen eine Frage stellen?» sagte Gabriel ruhig.

«Legen Sie los, wir werden ja sehen.»

«Ich arbeite für die **Libération**. Ich suche nach Informationen über ... Sie erraten sicher über was, oder ...?»

«Über die Verlegung des Hafenbahnhofs?»

Das war wirklich gut, dachte Gabriel. Der Typ machte auf Humor. Das bewies, daß er reden würde, daß ihm danach war, ein bißchen zu reden.

«Nein. Sind Sie derjenige, der den Schienenbus letzten Samstag gefahren hat?»

«Nein. Ich bin normalerweise auf der Linie Fécamp. Der, den Sie suchen, ist krank geschrieben. Für 'ne ganze Zeit. Man hat mir erzählt, daß er einen ziemlichen Schock hat.»

«Das ist verständlich. Gut ... Dann entschuldigen Sie.»

«Macht doch nichts. Wenn mir das passiert wäre, weiß nicht, wie ich reagiert hätte. Das ist doch wirklich hundsgemein ... Die reinste Lotterie ... Aber wissen Sie, ich beklage mich nicht, wenn ich Metro fahren würde in Paris, da wäre die Statistik noch höher ...»

«In der Metro hätten die jungen Leute keine Zeit gehabt, sich groß an die Schienen zu fesseln.»

«Das ist wahr. Was für 'ne Gemeinheit. Man fragt sich wirklich.»

«Also, Wiedersehen. Und Danke.»

Gabriel durchquerte den menschenleeren Bahnhof, seine Schritte hallten auf dem gleichförmig glatten, leeren und sauberen Boden nach.

Vor dem Gebäude schluckte ein Bus gerade die beiden schwarzen Familien mitsamt ihren Kindern, die plärrten, weil man sie aus ihren afrikanischen Magierträumen gerissen hatte. Also Richtung Hafenbahnhof.

Ein Taxi sah ihn einladend an, doch Gabriel machte sich zu Fuß auf den Weg an den Gleisen entlang, die die Züge früher wahrscheinlich direkt bis in die Schiffe gebracht hatten. Es war ein guter Kilometer bis zum Binnenhafen und zur Altstadt von Dieppe. Von weitem konnte er die Lichter sehen und all die heißen Lokale, die zu dieser Stunde noch offen hatten. Gabriel war hungrig und dachte an Diepper Soße, an Kapern und kleine Meeresfrüchte.

Im Augenblick war die breite Straße menschenleer, nur ein paar Autos fuhren vorbei. Er hängte sich seinen Rucksack auf den Rücken, schraubte seine Mütze wieder auf dem Schädel fest und marschierte mit gutem Schritt vorwärts. Während er in den Wind schnupperte, fragte er sich, wie dieser Algengeruch derart dem von Blut ähneln konnte.

Ein Wagen rollte heran, er hatte ihn schon von weitem gehört. Technomusik hämmerte aus dem Fahrzeug. Und als es auf seiner Höhe war, grölte einer:

«Na los, du Althippie! Eins-zwei, eins-zwei! Die Ziegen warten auf dich! An die Arbeit!»

Gabriel antwortete nicht, die angetrunkene Jugend machte ihm angst, weil sie nie wußte, was sie tat. Und häufig kam es genau deshalb dazu, daß irgendeine Scheiße passierte, weil die Typen sich als die Herren der Welt fühlten.

«Das ist ein **rosbif!**» brüllte ein anderer Typ, der ihn offenbar für einen Engländer hielt.

Der Wagen stoppte mit quietschenden Bremsen, und Gabriel sagte sich, verdammter Puff.

Als er an dem Fahrzeug vorüberging, sah er sie in aller Ruhe an. Vier ausgelassene Typen. Ziemlich hart drauf. Die Abende in Dieppe. Die Langeweile, die vertrieben werden mußte. Das Egal-was. Die amerikanische Viertelstunde. Das Adrenalin für lau.

«Sollen wir dich mitnehmen?» fragte der eine und öffnete die Tür des Fiats. Ein Junge, kaum achtzehn Jahre alt. Ein Typ, der sich auf die Schienen hätte fesseln können.

«Nein, danke», antwortete Gabriel.

«Das ist kein **bif!**» begeisterte sich eine Stimme auf dem Rücksitz ... «Stinken wir vielleicht?»

«Nein, nein ... Das ist es nicht.»

Er blieb stehen und blickte dem Typ in die Augen.

«Nein. Aber ich habe lange Beine ... Und lange Arme. Und wenn ich mich in dein kleines beschissenes Auto setze, könnte mich das Klappmesser in meiner Tasche stören. Ich möchte mir doch nicht weh tun.»

Der junge Typ wackelte mit den Hüften.

«Gut. Kannst dir in den Arsch ficken lassen.»

«Nicht von dir.»

«Wetten?»

«Na, dann los ... Komm ...»

Gabriel wich einen Schritt zurück, um sich genügend Abstand zu verschaffen, und breitete seine langen Arme aus. Der andere musterte ihn gleich mit ganz anderen Augen und fragte sich, ob er nicht an einen Kung-Fu-Freak oder **ultimate fighter** geraten war. Er zögerte zwei Sekunden. Zwei Sekunden zuviel, beruhigte sich Gabriel.

«Arschloch!» sagte der junge Wilde und war schon wieder im Wagen, der auch sofort losfuhr.

Sie schrien Gabriel zwar noch ein paar Beleidigungen zu, aber das machte nichts. Er war froh, die Schlägerei vermieden zu haben. Das war das Wesentliche. Eine Straßenkeilerei ist immer ein kleines Unglück, das man der Welt ersparen sollte, weil es niemals unvermeidlich ist. Es hinterläßt bloß einen schlechten Geschmack im Mund.

Na denn, das ging ja schon volle Kanne los.

Am Quai Henri IV. trat er in die erstbeste, knackig volle Kneipe. *Tout Va Bien* hieß der Laden. Warum nicht? Weshalb sollte nicht *alles gutgehen*? Er trank mit Wonne ein Weißbier vom Faß, Herbheit auf Honig, ein leichter Nachgeschmack nach Milch und Salzlake. Und bestellte eine gegrillte Seezunge. Jetzt ging's ihm besser. Dieppe wurde eine wunderbare Stadt. Wenn sie noch am Leben gewesen wären, später, hätten seine Eltern vielleicht mit ihm einen Ausflug hierher gemacht, übers Wochenende, mit ihm und der kleinen Schwester, die nie das Licht der Welt erblickt hatte. Und mit einer gewissen Beklemmung sagte sich Gabriel, daß es vielleicht einen Zusammenhang gab zwischen seiner Anwesenheit hier und seiner eigenen Geschichte. Alles in allem, waren nicht seine Eltern irgendwie den beiden hier unterm Zug ähnlich? Auch sie wurden von Eisen zermalmt. Im Auto, auf der **Route Nationale**, in der Nähe von La Voulte. Gabriel war fünf Jahre alt gewesen. Die Zeit hatte die Bilder gelöscht. Er erinnerte sich nicht mehr an die Gesichter, wohl noch an einige ganz bestimmte Empfindungen. Da war seine Mutter, die ihn auf den Knien hopsen ließ, sein Vater, der nach Druckerschwärze roch ... Meine Eltern sind vor dreißig Jahren gestorben, und ich, ich esse gegrillte Seezunge in Dieppe, und die Welt ist verdammt seltsam eingerichtet, sagte er sich.

PULP und die Petze 5

Durch das offene Fenster betrachtete er den Ärmelkanal. Eine ungeheure graue Lache, blaßgrün ganz weit hinten, nahe dem Horizont, wie um einen Unterschied zum Himmel zu markieren. Eine weiße Fähre lief Richtung Großbritannien aus. Gabriel atmete tief durch und betrachtete das Ufer. Eine gewaltige Esplanade, ein von der Wand eines Wohnhauses begrenzter Parkplatz, und schließlich der Strand, in der Ferne, kaum noch zu erkennen. Wenn er sich etwas hinausbeugte, konnte er das mittelalterliche Schloß sehen, am Hang eines Hügels, ein fetter Anachronismus aus grauem Stein. Und auch die Klippen auf beiden Seiten konnte er sehen, nicht weit entfernt. Sie sahen aus wie zwei von kümmerlichen Gräsern bedeckte Kuchenstücke aus Kreide. Zur Rechten, in der Ferne und von Nebel umhüllt, eine andere Festung, eine moderne, das Atomkraftwerk.

Es war so richtig ein Morgen am Ende des zwanzigsten Jahrhunderts.

Sein Hotelzimmer war geräumig, angenehm, ruhig. Er hatte auch einiges dafür hingelegt, wie immer in bar. Hôtel Epsom. Ein paar Schritte vom Casino entfernt, das, wie er mitten in der Nacht bemerkte, mit seinen wenig verlockenden Lichtern nur schwächlich leuchtete. Es wollte ihm einfach nicht aus dem Kopf, daß Casino auf italienisch Bordell bedeutete ...

Gabriel fühlte sich gut. Das Meer, vielleicht. Wenn das Mittelmeer ihn an Technicolor denken ließ, der Atlantik an Filme von Rohmer und die Arztfamilien, die dort alle Urlaub machten, so gefiel ihm der Ärmelkanal, weil er wirklich nichts hatte, aber nun wirklich überhaupt nichts, um zu gefallen. Grau, kalt, vernebelt. Ein Gefühl, in der Falle zu sitzen. Stimmung wie Schiffbruch in eiskaltem Wasser, die Schreie der Ertrinkenden dringen nur gedämpft durch den Nebel. Ein U-Boot-Meer. Die Suppe in einem Schauerroman von Mac Orlan.

Räuspernd schüttelte er sich. Schluß mit dem Trödeln. Er war ja schließlich nicht in Urlaub hier, wenngleich Urlaub für ihn so etwas wie ein Dauerzustand war. Jemand, der die Arbeit dermaßen haßt, und insbesondere die lohnabhängige, empfindet immer eine gewisse Scham, ja eine ständige Verlegenheit. So daß er sich schließlich selber sagt, los, frisch ans Werk ...

Er spazierte durch die Altstadt, nahm ihr den Puls, beschnüffelte und beschnupperte sie. Er huldigte den Gepflogenheiten, indem er im legendären Café des Tribunaux an der Place du Puits Salé einen **café crème** trank. Er las die Lokalpresse, machte einige Adressen ausfindig, schlenderte durch die Gegend, um festzustellen, wo sich die Gymnasien und die anderen Schulen, die Gendarmerien und die Büros der hiesigen Zeitungen befanden. Kurzum, er erledigte die gewöhnliche Peilung der Lage. Am Ende des Tages war er zwar erschöpft, fand sich aber ungefähr zurecht, so daß er in jeder Straße beinahe augenblicklich wußte, wo er war, wie die Richtung zum Bahnhof war, die zum Hafen und die zur verrotteten **banlieu**, der Vorstadt.

Alles in allem ziemlich einfach. Dieppe war nämlich eine Art Becken, ein langer Spalt in der Steilküste. Und außerdem eine kleine Stadt.

Gabriel war erschöpft. Er hatte einen guten Sonntag verbracht. Er war bereit. Morgen, da würde Montag sein, Ravioli-Tag, wie die Rotznasen in der Schulkantine in der Rue Saint-Bernard immer sagten.

PULP und die Petze 6

Am nächsten Morgen, nach einem Frühstück, das auch der Menschenfresser aus **Jack und die Bohnenranke** nicht verschmäht hätte, nahm Gabriel den Sitz der **Informations Dieppoises** in Angriff. Diese auch **La Vigie** – der Ausguck – genannte Zeitung erschien zweimal pro Woche und deckte den regionalen Nachrichtenbedarf ab.

Er stellte sich als Henri Wajman vor, Forscher des nationalen Forschungszentrums CNRS. Er hatte sich eigens eine schmale Brille mit Stahlgestell dafür aufgesetzt. Wußte er doch aus Erfahrung, daß diese Sorte Augengläser in Sachen Intellekt ziemlich was hermachte, und daß bewaffnete Bankräuber selten derartige Accessoires trugen. Sein gefälschtes Empfehlungsschreiben, das seine Studien in Psychosoziologie erwähnte und von Edgar Morin unterzeichnet war, legte er dem stellvertretenden Chefredakteur vor. Der erste Chef war nämlich zur Zeit in Paris, um sein Käseblatt auf einer Tagung zu vertreten.

Der Stellvertreter war umgänglich, ein wenig schüchtern und kurzsichtig, doch sobald er den Schriftkopf der Behörde entziffert hatte, war es so, als hätte er das Siegel Tut-ench-Amuns geschaut.

«Seit fünf Jahren widme ich mich nun bereits dem Selbstmord von Adoleszenten», sagte Gabriel mit honigsüßer Stimme. «Zunächst von einem statistischen Ansatz her, aber auch im Rahmen des Versuchs einer psychopathologischen Theorie der Ich-Suppression. Ich dachte eigentlich, alles gesehen zu haben. Dann aber, vor einer Woche, in Ihrer Region ... Einfach monströs ...»

«Grauenvoll, in der Tat ...»

«Ich konnte nicht umhin, diesen Fall zu berücksichtigen. In bezug auf meine Arbeit.»

«Selbstverständlich. Ich selbst habe die Artikel geschrieben. Ich hatte an diesem Sonntag morgen Bereitschaft. Ein Zufall. Ein Zufall, den ich mir liebend gern erspart hätte ...»

«Sind Sie vor Ort gewesen?»

«Leider hatte es sein müssen ...»

Gabriel betrachtete ihn, als lauschte er hingebungsvoll seinen Worten. Doch er wußte, daß er es hier nicht mit irgendeinem dahergelaufenen Amateur zu tun hatte. Es würde nicht einfach sein, ihn dazu zu bringen, vertrauliche Informationen auszuspucken. Er beschloß, das Niveau des Gesprächs zu heben, die Details würden dann schon kommen.

«Ich kann Ihnen sagen, daß eine solche Entschlossenheit wirklich ziemlich selten ist. Das war nicht bloß eine simple Inszenierung. Daran war ... wie soll ich sagen ... beinahe irgend etwas, das man gleichsam mit einem Ritual assoziieren könnte ...»

Sein Gegenüber nutzte die Atempause und hob die Hand, als wollte er sagen, da, mein Teurer, bewegen Sie sich aber auf dem Gebiet der Science-fiction.

«So weit würde ich nicht gehen. Zweifellos war da eine gewisse Theatralik vorhanden, aber im Augenblick des Übergangs zur Tat ist der Todestrieb doch immer derselbe.»

«Exakt», beschied Gabriel, der dem Geschwafel kaum gefolgt war ... «Exakt, und erstaunlich! In diesem Alter. Das Mädchen war noch minderjährig, glaube ich.»

«Siebzehn Jahre und drei Monate.»

«Aus bescheidenem Milieu.»

«Ganz und gar nicht. Bourgeoisie, Großbourgeoisie sogar, und zwar aus der, die sich gern mit Adelstiteln schmückt. Varengeville, sagt Ihnen das was?»

«Ja», log Gabriel.

«Gut. Dann verstehen Sie also, was ich meine. Es war der Junge, der eher aus bescheidenen Verhältnissen stammte. Händler aus Dieppe. Kleinhändler. Er war volljährig, seit kurzem. Er besuchte dasselbe Lycée wie das Mädchen. Beide kurz vor dem Abitur.»

«Vor dem Abitur ...»

Gabriel spürte, daß der Typ stockte, sich bewußt wurde, daß er redete, ohne es zu wollen. Er mußte vorsichtig sein.

«Selbstverständlich werde ich Sie, um die Anonymität zu wahren, nicht nach den Namen der Selbstmörder fragen. Aber da war, in der Presse, von einem Abschiedsbrief die Rede. Genau der ist es, ehrlich gesagt, der mich am meisten bei dieser Geschichte interessiert. Für die Forschung. Haben Sie ihn gesehen, diesen Brief, oder gar gelesen vielleicht? ...»

Der Typ kaute endlos lange auf seiner Zunge.

«Ich kann Ihnen doch vertrauen, Monsieur Waxman?»

«Wajman. Ich bin kein Journalist, ich bin Forscher.»

Der Typ seufzte.

«Die Gendarmen haben ihn mir zu lesen gegeben. Ich habe sogar eine Fotokopie davon. Der Fall ist zu den Akten gelegt. Ich würde nicht wollen, daß diese, wie soll ich sagen, Unfeinheit wieder ans Licht käme ...»

«Das CNRS ist seriös ... Wir sind keine Presseagentur.»

«Gut.»

Der stellvertretende Chefredakteur stöberte daraufhin in einem Ordner, zog einen nicht zugeklebten Umschlag aus Karton heraus und reichte ihn Gabriel, der just an ein Haiku dachte:

Der Schnecke vor dir
Der darfst du nie vertrauen
Unstet ist ihr Horn ...

Aus dem Umschlag holte Gabriel die etwas zerknitterte Kopie eines handgeschriebenen Briefes in feiner und regelmäßiger Schrift:

«**Vendredi**, *Tag der Venus.*

Die Welt ist tot für uns. Unsere Liebe ist stark, zu stark, um sie den Schweinereien der Welt auszusetzen. Die Hölle, das sind die anderen. Wir sagen Euch allen Lebewohl. Den wenigen, die uns nahestehen, den Freunden, in denen wir dieselbe Stärke gespürt haben wie die, die wir morgen beweisen werden, denen sagen wir: Bis bald! Wir erflehen keinerlei Vergebung, nicht einmal die unserer Eltern. Sie sollen einfach nur nicht traurig sein. Wir sind jetzt glücklicher, als wir es je werden könnten. Die Welt ist zu hart, zu komplex, zu bedrohlich. Wir sind keine Verlierer, wir haben nur beschlossen, UNS zu verlieren. Nur Mut! sagen wir Euch allen, denn Ihr seid es, die ihn brauchen werden. Macht niemanden verantwortlich. Wir sind frei. Wir lieben uns. Wir lieben Euch.

Bérénice und Frédéric.»

Gabriel speicherte die beiden Vornamen in einer Ecke seiner Hirnschale.

«Schöner Brief.»

«Da ist sogar ein Zitat von Sartre ... Typisch humanistisches Gymnasium.»

«Nach einem solchen Brief dürften die Eltern doppelt so viele Gewissensbisse haben. Es schmerzt doppelt, wenn man derart brillante Kinder verliert. Nicht ein einziger Rechtschreibfehler und eine tadellose Grammatik.»

«Da spricht der Fachmann ... Bei den Eltern des Mädchens, da weiß ich es nicht, im Großbürgertum ist alles ein bißchen undurchsichtiger als anderswo, die Gepflogenheiten, das ganze gesellschaftliche Spektakel. Die Eltern des jungen Mannes allerdings sind vorgestern weggezogen. Am Mittwoch haben sie ihren Sohn beerdigt, am Donnerstag ihr Käsegeschäft zum Verkauf angeboten, und am Samstag sind sie ausgezogen. Ziel X. Mit ihrem zweiten Jungen ...»

«Und die junge Selbstmörderin ... Ein Einzelkind?»

«Machen Sie Witze? Sieben Kinder ... nun ja ... sechs, jetzt.»

Gabriel schwieg, mimte intensives Nachdenken und versuchte dabei, wie ein inbrünstiger Soziologe auszusehen.

«Dieppe ... Wie soll ich sagen? ... Dieppe ist nicht pathogener als andere Gegenden ...»

«Nicht unbedingt. Kommt darauf an, wie man's nimmt.»

Der Journalist stand auf und trat zum Fenster, blickte auf Häuser aus rotem Backstein, Ziegeldächer von hellerem Rot, und auf das Englischgrün der dahinterliegenden Hügel.

«Siebzehn Prozent Arbeitslosigkeit, die Industrie auf eher absteigendem Ast, die Tendenz, daß sich alles in Rouen konzentriert. Der Fischfang ... Was gibt's da zu sagen? Der wird langsam zur Folklore, zum Kunsthandwerk. Der Tourismus? Die Engländer, na ja ... Diejenigen, die drei Stunden mit dem Schiff fahren, nur um ganze Einkaufswagen mit billigem Wein, Spirituosen und schlechtem Bier vollzupacken. Im Sommer sind ein paar mehr Leute hier, Stammgäste, treue Anhänger. Die, die zum erstenmal herkommen und sich mitten im August die Hinterbacken abfrieren, die kommen nie wieder. Die sparen lieber, um auf die Seychellen zu fliegen.»

Während der Journalist dieses erfreuliche Bild zeichnete, hatte Gabriel sich unbemerkt ein leeres Blatt Papier genommen, es dann laut und vernehmlich gefaltet und in den Umschlag aus Karton gesteckt. Die Fotokopie ließ er unauffällig in seine Tasche gleiten. Er selbst legte den Umschlag wieder auf die Akte, die der Redakteur sogleich wegräumte, als handelte es sich um einen Schatz.

«Gut ...», meinte Gabriel lächelnd. «Ich glaube, ich werde Sie nun nicht mehr länger belästigen ... Eine Frage noch, obwohl mir dies alles, wenn ich so sagen darf, wie ein Schulbeispiel erscheint ... Wir nennen es ein Negativ-Rimbaudsches Syndrom ...»

Innerlich lachte Gabriel sich schief über das Gesicht, das der Journalist machte: ein Laie, der soeben feierlich in eine Bruderschaft von Unantastbaren aufgenommen worden ist.

«Also. Scheint es Ihnen, Ihrer Meinung nach, gerechtfertigt, daß ich versuche, mit den Familien zu reden? Oder wäre das zuviel, oder zu früh?»

«Sie werden Sie nicht empfangen. Die Sache ist zu den Akten gelegt. Die Kinder sind beerdigt. Die Zeitungen schreiben nicht mehr darüber. Man geht zu anderen Dingen über ...»

«Das Leben geht weiter ...»

«Das Leben geht weiter.»

PULP und die Petze 7

Als er die Zeitung verließ, ging Gabriel immer geradeaus, bis er auf eine Telefonzelle stieß. Das heißt annähernd fünfhundert Meter weit. Er zwängte sein Gerippe in das enge Häuschen und wählte nach der 16 für ein anderes Département und der 1 für Paris die Nummer des *Pied de Porc à la Sainte-Scolasse*.

«Hallo? Hallo? Hier ist Gabriel ... Was geht's dich an, wo ich bin? Sag mal, ist der Professor da? Ja, geh ihn mir holen!»

Gabriel klimperte einen kurzen Moment auf dem Alu-Ablagebrett neben dem Telefonapparat. Durch die Scheibe sah er eine Gruppe strahlender, ausgelassener Jugendlicher vorübergehen. Es war auch ein Mädchen dabei mit Kringellocken und Sommersprossen auf den Wangenknochen. Eine wahre Pracht. Ein flüchtiges Bild von Cheryl ging Gabriel durch den Sinn. Das rosafarbene Fell auf ihrem Bett, eine samtene Schulter, ein Streifen Tageslicht zwischen den Vorhängen.

«Professor? Hier ist Gaby ... Ja, von weit ... na ja ... nicht sehr weit. Mit Malebranche alles in Ordnung? ... Gut. Hören Sie zu, Professor. Können Sie mir einen kleinen Gefallen tun? Ich werde Ihnen einen Brief vorlesen, einen Abschiedsbrief, geschrieben von jemandem, der Selbstmord begehen will. Sie sagen mir dann, was Sie darüber denken ... Einverstanden? Danke, Professor ...»

Gérard hatte die Hände oberhalb des Spülbeckens auf den Zinktresen gestützt und beobachtete mit ziemlicher Neugierde den Professor, der mit angespanntem Gesicht dastand, den Blick ins Leere, die dicken Brauen gesenkt und die linke Hand verkrampft. Wie ans Telefon geschweißt. Was konnte der Pulp ihm da nur erzählen? Hatte er vielleicht neue Schriftstücke, unbekannte Archive zu Malebranche entdeckt? Und als der Prof den Hörer dann in die andere Hand wechselte, als er nervös das alte eselsohrige Telefonbuch zu befingern begann, schlich Gérard sich an ihn heran, indem er die nächststehenden Tische zu wienern anfing.

«Ich würde sagen, daß das sicher ein schöner Brief ist, vielleicht etwas literarisch, etwas theatralisch. Das Motiv ist drin, der philosophische Bezug, aber nicht sehr viel Emotion. Erinnert ein bißchen an einen Standardbrief. Über den Daumen gepeilt, na ja, von jemandem so um die Dreißig geschrieben. Von jemandem, der etwas ankündigt, was ihm nicht selbst droht. Wirkliche Verzweiflung drückt sich in bizarren Worten aus. So jemand verliert keine Zeit damit, auf Stil zu machen ... Aber ich kann mich ja irren ... Keine Ursache ... Ja, Sie können sich auf mich verlassen ... Und wo sind Sie da? ... Ah! Glückspilz. Gut ... Bis bald!»

Der Professor legte auf und trat aus der Telefonkabine.

«Wo ist er, der Gabriel? Hat er es Ihnen gesagt?» grummelte Gérard.

«In Saint-Tropez. Er sucht eine Villa für die Ferien ...»

«Der Pulp in Saint-Trop? Ich glaub, ich träume! Der ist doch noch nie über Montargis im Süden und über La Ferté-Bernard im Westen hinausgekommen.»

«Aaah, Venise», träumte der Professor.

«Wie, Venedig ...»

«Na ja, La Ferté-Bernard, das ist doch das Venedig des Perche und Montargis ist das Venedig des Gâtinais. Wußten Sie das nicht?»

Gérard zog ein Gesicht, suchte nach einer Entgegnung. Es kam nicht in Frage, eine Antwort schuldig zu bleiben.

«Und ich, ich bin wirklich in Venise gewesen, ohne Italien überhaupt zu betreten. Das liegt nämlich im Département Doubs, nicht weit von Besançon. Jetzt aber.»

Gabriel nahm seine Karte wieder an sich, fegte aus der Telefonzelle und machte sich beinahe im Laufschritt an die Verfolgung jener kleinen Gruppe, die er während des Telefonats bemerkt hatte. Er entdeckte die Jugendlichen, als er zum Binnenhafen kam. Die jungen Kerle alberten herum, und die junge Frau mit den zartblonden Locken ging Hand in Hand mit einer Art Punk ohne Sicherheitsnadeln. Die kleine, munter quasselnde Gruppe trennte sich. Die beiden Verliebten gingen Richtung Meer.

Er machte einen Bogen um sie, überquerte die Avenue, jonglierte mit ein paar hupenden Wagen und machte schließlich kehrt, um ihren Weg zu kreuzen. Er schob seine Mütze auf seinem breiten Kopf zurück, mimte den Typ, der nicht von hier war, und sprach sie freundlich an.

«Entschuldigen Sie, ich bin Journalist. Von den **Inrockuptibles**. Ich mache was über die kleinen unabhängigen Bands hier in der Gegend. Darf ich Sie um 'ne Auskunft bitten?»

Es war, als ob der Dalai Lama ihnen erschienen wäre.

«Die **Inrocks** ... das ist 'ne beschissene Zeitung. Rock ist doch keine intellektuelle Sache. Rock ist Energie. **Inrocks** ist schlapp und lahm», spie, überaus stolz auf sich und selbst ein Unbestechlicher, der junge Punkoide aus und drückte sein Mädel an sich.

«Darüber läßt sich streiten. Ich bin mir nicht sicher, ob Sie recht haben, aber ich bin mir auch nicht sicher, ob Sie unrecht haben.»

«Zweideutig wie ein echter Normanne», lachte das blonde Wunder.

«Stimmt», sagte Gabriel sanftmütig. «Eben drum. Gibt es denn hier irgendwo ein Café oder eine Bar, vielleicht so was wie eine Lieblingskneipe der Oberschüler? Wo ich einige von denen treffen könnte? Den Rest hab ich schon gesprochen, junge Arbeiter, Prolos, Fischer ... Nur um noch ein paar andere Töne zu hören.»

«Und wir, interessieren wir Sie nicht?»

«Seid Ihr auf dem Lycée?»

«Sieht man das nicht?»

«Ihr seht eher aus wie V-Leute der RG.»

Das blonde Mädchen lachte sich schlapp. Der Punk versuchte sich klarzuwerden, ob das mit dem Geheimdienst eine Verarschung war oder nicht. Die junge Frau zeigte in Richtung Oberstadt.

«Da gibt es das Balto, die Straße da hoch, Route d'Hautot heißt die ... Es gibt noch andere Läden, aber dort gehen die meisten hin. Aber ich warne Sie, was Rock angeht, wird das ziemlich schwer sein. Da ist eher Dance, House und Rave angesagt.»

«Nullen sind das. Bauerntrampel, die noch nie den Ärmelkanal überquert haben», quiekte der **Pannk**, der schon ganz anderes gesehen haben wollte.

Gabriel zwang sich abzulachen.

8

Er schlenderte eine Zeitlang durch die Stadt und dachte dabei öfter an die intuitive und prompte Reaktion des Professors. Um sich die Zeit bis zum Mittag zu vertreiben, ging er an den langen und breiten Strand. Es war gerade Ebbe. Ferne Silhouetten bewegten sich auf dem nassen Sand. Er hob ein paar winzige Stücke Glas auf, glattgeschliffen von Wasser und Salz. Sie erinnerten ihn an seine Kindheit, damals in Tréport. **Tata** Marie-Claude und **tonton** Émile machten den Laden über Ostern immer zu und fuhren dorthin, wegen der guten Seeluft. Mit der Tante hatte Gabriel immer diese kleinen harmlosen Flaschenscherben gesammelt. Die meisten waren grün gewesen, *Smaragde von Tréport* hatte sie sie genannt. Doch manchmal hatte man auch Glück und fand gelbe und weiße, die seltensten waren die violetten. Inzwischen waren sein Onkel und seine Tante auch schon gestorben, am langsamen Selbstmord der Arbeit. Sie waren es, die ihn aufgezogen hatten. Im Laden hatte es nach Terpentin und öligen, nach Gewicht verkauften Nägeln gerochen. Und dann hatten sie die Eisenwarenhandlung in der Rue Sedaine verkauft, waren in Rente gegangen und kurz darauf ins Jenseits der Zeit verschwunden. Oh, die Erbschaft war nicht sehr beeindruckend gewesen, die Steuern dafür um so mehr. Doch Gabriel hatte den familiären Notgroschen zu mehren verstanden. Indem er ihn einfach nicht anrührte. Er wurstelte sich so durch und hatte nie große Ausgaben gehabt.

Gabriel sah zu, wie der Dunst allmählich das mittelalterliche Schloß an der Klippe über dem Casino einhüllte. Nicht sehr weit von seinem Hotel entfernt. Es gab dort ein Museum, hinter dem Schutzwall. Gabriel verabscheute Museen.

Er fand das Balto mit Leichtigkeit. Es war eine von zwei Bars in der Nähe des Lycées, die jenen respektvollen Abstand einhielten, den das Gesetz vorschreibt. Denn es ist untersagt, Orte der Ausschweifung und Unzucht in einem Umkreis von weniger als fünfhundert Metern um eine Stätte der Ausbildung oder der Erziehung einzurichten ... Man braucht nur durch Frankreich spazieren, egal wo, und man erkennt, daß das Gesetz einen breiten Rücken hat.

Es war fast ein Uhr mittags. Die Stunde gymnasialen Hochbetriebs.

Gabriel betrat die Bar und drang direkt zum Tresen vor, um dort ein Wurstbrot und ein Bier zu bestellen. Und was gab es für Bier? Das ewig Erstbeste. 1664. Datum der Schlacht von Kronenbourg. Er nahm lieber ein Leffe, eine sichere Sache, mit einer leicht karameligen Herbheit. Dann wandte er sich dem Saal zu voll äußerst lebhafter Jugend. Er wunderte sich, ziemlich viel langes Haar. Auch in seiner eigenen Jugend hatten die Kerle nicht wie Hundeführer vom privaten Sicherheitsdienst ausgesehen. Das Balto war eher die Basis der *Philosophen* oder zumindest derjenigen, die so aussehen wollten. Der Mythos Rimbaud war bei weitem zählebiger als der von Kurt Cobain und würde es zweifelsohne noch lange bleiben. Es genügte, sich die Titel der Bücher anzusehen, die auf den Tischen herumlagen, zwischen Kaffeetassen und Limonadengläsern.

Er knabberte sein Sandwich und studierte dabei aus den Augenwinkeln das Verhalten in jedem Grüppchen. Die, die zu laut lachten, die Deprimierten, die Aufgeregten, die Hysterischen und die Lässigen. Solche, die viel redeten, und andere, die die Rolle des stummen Einzelgängers übten, der zwar nicht weniger über alles nachdenkt, den man aber foltern müßte, damit er es eingesteht. Dann setzte sich Gabriel an einen Tisch, pumpte eine Brünette in hautengem Oberteil um eine Zigarette an, versuchte mehrere Male, ein Gespräch anzuknüpfen. Ohne viel Erfolg. Jugendliche tun sich eben nicht leicht mit anderen zusammen. Sein Alter und seine Größe, seine etwas ungehobelte Art kamen hier nicht so recht an. Also sprang er ins kalte Wasser, mimte noch mal den Musikjournalisten und blamierte sich jämmerlich. Der Geschmack der Jugendlichen war deutlich weiterentwickelt. **Le rock pour le rock**, das war etwas für Debile. Er holte sich ein paar Abfuhren, dann sagte er sich, solche Meinungsumfragen sollte man besser den Leuten andrehen, die all diese schönen Magazine ausbrüten. Die glauben auch meistens, man könne sich an die Jugend wenden, indem man das Ganze von seinen vierzig Lenzen herab betrachtet. Er erkannte, daß er mit dieser Art von Anbiederungsversuchen nichts Wesentliches herausfinden würde. Er mußte langsam ernstmachen.

Da fiel sein Blick auf einen, der ihn besonders arrogant abgefertigt hatte. Ein dunkel gewandeter Haariger, wahrscheinlich ein entfernter Sympathisant irgendeiner linken Schülergruppierung. Einer, der abends, und nicht mal heimlich, die Platten von Léo Ferré hörte. Der jedoch tunlichst die Hafenbars mied, denn dort könnte es Jugendliche wie ihn geben, nur daß die etwas weniger kultiviert und vor allem viel rasierter wären. Der Typ trank viel. Gabriel hatte zwei Halbe und eine Cola gezählt. Er würde sicher bald Pippi machen gehen. Und so war es, noch bevor Gabriel die Örtlichkeiten ausgekundschaftet hatte. So folgte er ihm auf dem Fuße, betrat direkt hinter ihm die Toilette, schleuderte ihn **manu militari** in eines der Scheißhäuser und verbarrikadierte die Tür hinter sich. Er haute ihm was auf die Ohren und zwang ihn, sich auf den Deckel der Kloschüssel zu setzen. Der Typ begann heftig zu zittern, wollte schon schreien, doch Gabriel legte seinen Finger auf den Mund und verpaßte ihm eine zweite Schelle. Die Backen des jungen Mannes waren plötzlich sehr rot geworden.

«Paß auf. Es ist ganz einfach. Ich suche jemanden, der in

derselben Klasse ist, in der Bérénice und Frédéric waren. Das ist doch einfach. Du weißt, wen ich meine? Bérénice und Frédéric?»

«Ja, ich weiß. Die, die ...»

«Sind da drüben in der Kneipe welche, die in dieser Klasse sind?»

«Ja.»

«Wer?»

«Sie können mir ruhig die Fresse polieren. Ich werd 'nem Flic niemals helfen.»

Normal, dachte Gabriel. Normal und beruhigend. Er steht auf der anderen Seite, er hat sich zwei Backpfeifen gefangen, ist nicht der stärkere, wird aber auf verzweifelten Widerstand machen. Braver Junge.

«Hör mir jetzt mal genau zu, Guevara. Ich bin kein Flic. Die Flics, die haben nämlich die Bestattungserlaubnis unterschrieben, ohne den Fall zu untersuchen. Erscheint dir das normal, daß Bérénice und Frédéric sich umgebracht haben?»

«Ich weiß nicht. Alle werden langsam verrückt, nach und nach.»

«Ich auch, ich bin auch verrückt.»

«Was wollen Sie eigentlich erreichen mit Ihren Nazimethoden?»

«Mach mal die Augen zu, du kleiner Schwachkopf. Los, schließ die Augen. Wenn du Bérénice und Frédéric gekannt hast, dann versuch sie dir mal vorzustellen: mitten in der Nacht, es ist kalt, es nieselt wahrscheinlich, sie kommen an, stehen auf den Gleisen, vielleicht sind sie verzweifelt, ich weiß ja nicht, aber sie fesseln sich mit Handschellen, und die Handschellen, die machen sie dann an den Schienen mit Fahrradschlössern fest, und dann schlucken sie die Schlüssel, jeder einen, für die Handschellen braucht es keinen Schlüssel, und dann warten sie in aller Ruhe auf den Schienenbus ... Konnte das so ablaufen, was meinst du?»

Der junge Typ schaute Gabriel an wie einen Racheengel.

«Ich weiß nicht. Jeder Mensch ist frei.»

«Ist das alles? Du hast wirklich überhaupt keine Phantasie!»

Irgend jemand war in die Toilette gekommen und hatte einen Wasserhahn aufgedreht.

«Ich werde jetzt rausgehen, und vielleicht werde ich dem Typ, der da draußen ist, sagen, daß das super war, was du mir gemacht hast. Oder vielleicht auch nicht ...», sagte Gabriel dem jungen Gymnasiasten ganz leise ins Ohr.

Als er aus der Kabine kam, war Gabriel ziemlich überrascht, auf den Punk zu stoßen, dem er bereits auf der Straße begegnet war. Der Typ starrte ihn an wie eine Erscheinung, erinnerte sich dann offenbar und setzte sogleich das passende Grinsen auf.

«In den **Inrocks** habt ihr Green Day abgeschossen. Das ist 'ne Sauerei.»

«Arschlöcher gibt es überall, selbst dort, wo ich maloche.»

«Vor allem, wo du malochst.»

Gabriel nahm es hin. Er war nicht hier, um dauernd die nachkommende Generation zu verdreschen. Er wusch sich weiter die Hände und betrachtete im Spiegel das triumphierende Gesicht seines Widersachers. Dann öffnete der Punk die Tür zum Lokal.

«Du kannst deinen Kollegen sagen, daß ‹Dookie› die beste CD des Jahres ist.»

«Ich werd's ihnen ausrichten. Die werden saumäßig beeindruckt sein.»

Der Punk knallte die Tür hinter sich zu. Der Gymnasiast nützte die Gelegenheit, um aus dem Scheißhaus zu kommen. Sah erleichtert aus.

«Ich kann Ihnen eine Sache sagen. Frédéric ist nie Fahrrad gefahren. In puncto Diebstahlsicherung, da hatte der eher dicke Vorhängeschlösser und Ketten, für sein Moped. Ich kann mir schlecht vorstellen, daß er sich diese lächerlichen

Dinger extra dafür gekauft hat, um sich über'n Jordan zu befördern, wo seine Ketten doch völlig gereicht hätten.»

Das, also das war wirklich ein Argument aus Beton.

«Ich war nicht in ihrer Klasse. Ich bin eine tiefer. An dem Tisch am Fenster, hinter dem Tischfußball, da sitzen Leute aus der Abiklasse.»

Gabriel zog einen Zweihundert-Franc-Lappen aus der Tasche und gab ihm den.

«Da, kauf dir die CD des Jahres. Die, von der der andere eben gesprochen hat.»

«Davon will ich nichts. Das ist Geld des Kapitals.»

Gabriel ließ den Schein auf die zweifelhaften Fliesen fallen und verließ die Toilette.

Er sah den Tisch der Abiturienten sofort und ging direkt darauf zu. Er war nicht besonders überrascht, dort erneut den spaßigen Punk anzutreffen, daneben seine Freundin mit dem engelsgleichen Haar und den Sommersprossen sowie drei andere picklige, Marke Heavy Metal. Gabriel wedelte lässig mit seinen langen Armen, was seine Wirkung tat, und stützte seine Flossen auf den Tisch.

«Hört mir jetzt mal gut zu, ihr Clowns. Ihr seid ehemalige Kumpel von den beiden, die unter den Zug gekommen sind. Und ich, ich bin Zorro. Wenn Ihr meint, daß das alles normal ist, normal, Kumpel zu verlieren, normal, sein Maul zu halten, normal, sich keine Fragen zu stellen, dann spielt ruhig weiter Tischfußball und lest dabei euren Sartre und euren Bergson. Wenn ihr euch aber ausheulen wollt, dann kommt mich besuchen, ich werd euch eure Tränen trocknen.»

Und Gabriel notierte auf dem Kassenbon, «4× Kaffee/Wasser 28 Francs», die Nummer seines Zimmers im Hôtel Epsom.

Im Weggehen sagte er sich, daß das wirklich Unterpatagonien sein müßte, wenn es nicht einen gäbe, der sich auf den Weg machen wollte.

Als er sich schon zum Ausgang des Balto bewegte, machte er noch einen Umweg zur Juke-box, aus der eine unglaubliche Stimme drang, noch unfertig und doch bezähmt zugleich. Eine wunderbare, schwere, einfache Musik, mehr Trauma denn Emotion.

Ein Typ hatte sich neben dem Apparat aufgestützt.

«Ist das Green Day?» fragte Gabriel, seiner Sache sicher.

Der Junge schaute ihn an, als hätte man ihm gerade gesagt, Balladur werde Nirvana neu gründen.

«Nein. Wollen Sie mich verscheißern? Das ist PJ Harvey. **The Dancer**. Das schönste Stück des Jahres.»

«Ah!»

Gabriel preschte die abschüssigen Straßen hinunter wie ein von der Flut verfolgtes Pferd. Er hatte das Bedürfnis, sich irgendwie auszudrücken. Es war schönes Wetter, ein Himmel, typisch bei Ebbe, mit strahlenden Aufhellungen, die nicht lange andauern. Er war zufrieden mit sich, die Dinge ließen sich gut an. Ein feiner Schachzug. Er konnte eben dieser lärmenden Jugend die Würmer nicht mit der Geburtszange aus der Nase ziehen. So hatte er den Hebel an der einzigen Stelle angesetzt, wo es funktionieren konnte. Bei den Gefühlen. Aber jetzt nicht den Teufel und sein Käppi herausfordern. Also erst mal das Hotelzimmer verlassen, die Rechnung bezahlen und sich verkriechen. Man wußte ja nie, was in den Köpfen der anderen so vor sich ging. Und Gabriel wollte sich keinesfalls mit irgendeiner Autorität konfrontiert sehen, sei sie nun bullenhaft oder elterlich. Oder sonstwie. Er mietete sich einen Wagen, einen violetten Twingo, und mit dieser guten bischöflichen Farbe würde er der Volksweisheit, Autos machen Leute, ungefähr gehorchen.

Zwei oder drei kurze Anrufe, unter anderem bei der Stadtverwaltung, schon hatte er die Adresse des Gerichtsmediziners, der amtlicherseits für die Gegend zuständig war. Er notierte sich alles auf einer eselsohrigen Seite in einer Ecke seines Gedächtnisses. Daraufhin ging er zum **Mammouth**-Supermarkt, um nachzusehen, wo die Engländer an den Wochenenden ihre Beutezüge veranstalteten. Und tatsächlich, die Spritregale waren wirklich beeindruckend, allein die für Bier vorgesehenen Fächer waren ungeheuerlich. Gabriel kaufte zwei Pilsner Urquell für den Durst, ein apricotfarbenes Orval wegen seines pfeffrig-würzigen Geschmacks und, sonst nirgends zu finden, ein Boddington, ein trockenes und leichtes **bitter ale**, das er seit mindestens fünf Jahren, seit einem eher turbulenten Auftritt in Manchester, nicht mehr getrunken hatte.

Er parkte beinahe genau gegenüber dem Hotel, aus dem er gerade ausgezogen war, drückte sich in seinen Sitz und stürzte ein Pils hinunter. Er sagte sich, daß bisher noch niemand bemerkt hatte, daß **pils** – als Anagramm – **slip** ergab. Er sah die Leute in ihrer typisch sonntäglichen, fanatischen Unbekümmertheit vorübergehen, wenn jeder weiß, am nächsten Morgen muß er wieder ran. Es war kurz vor vier, das Wetter verschlechterte sich, die Bretter der Windsurfer wanderten wieder auf die Autos und wurden auf Dachgepäckträgern festgezurrt. Ihre Besitzer hatten die schönen blau-roten Gesichter von Menschen, die zwei Stunden im eiskalten Wasser verbracht haben mit dem Versuch, sich auf diesen maritimen Bügelbrettern zu halten.

Und dann vertiefte er sich erneut in sein Haiku-Buch, wählte aufs Geratewohl eines aus –

Ach, sie schlagen sich
Die Kinder, hochwüchsig schon
Wie das reife Korn

– und wunderte sich darüber, wie perfekt es paßte. Vielleicht war das Glück ja mit ihm. Er wußte nicht so recht, wonach er eigentlich suchte. Er hatte lediglich eine vage Ahnung, keinen einzigen Beweis, nur Intuitionen. Und was würde er machen, wenn er am Ende irgend etwas fände, was sich mit seiner persönlichen Ethik nicht deckte? Nun ja, das würde er dann sehen, wie jedesmal. Die Ereignisse würden ihm sein Verhalten diktieren, sicher würde es ein oder zwei Bösewichter geben, denen er zeigen würde, wo der Hammer hängt. Denn das war Gabriel. Nicht der maskierte Rächer. Sondern einfach jemand, der die Gemeinheit der Welt ein Stück weit ausglich, der sich unfeine Kerle zur Brust nahm, Schweinehunde auf den Pfad der Erlösung führte und eine eigene Technik individuellen *Finanzausgleichs* für sich geltend machte.

Viele Leute gingen im Hôtel Epsom ein und aus. Doch nichts, was einem irrenden Gymnasiasten auf der Flucht glich. Keiner, der sich rechts und links umblickte, ob ihn auch nur ja niemand in flagranti bei Kooperation oder gar Denunziation ertappte.

Gabriel schlürfte sein Orval, dessen herber Geschmack gut zu diesem Tag paßte.

Und gegen siebzehn Uhr dreißig erspähte er seine Beute. Die Überraschung war wirklich nicht ungeheuer groß, als er dieses wunderbare junge Mädchen mit der blonden, duftigen Mähne entdeckte, diesen Engel, der durch ein Sieb in die Sonne geschaut hatte. In einer kleinen Stadt wie Dieppe trifft man sich eben schnell wieder. Die Leute haben einfach die Zeit und die Möglichkeit, an die anderen zu denken. Gabriel stieg aus dem Wagen und machte ihr einfach nur ein Zeichen, als sie sich, wie vorhergesehen, nach allen Seiten umschaute, ob sie auch anonym bliebe. Sie hatte ihn auf dem Gehsteig gegenüber erkannt. Ein letztes Mal schien sie zu schwanken, überquerte dann mit einiger Vorsicht die Straße, einen Fuß vor den anderen setzend. Der Blick ihrer grauen Augen verlor sich in der Ferne, in Richtung Meer.

«Danke, daß Sie gekommen sind.»

«Danken Sie mir noch nicht. Und warum sollten Sie mir überhaupt danken?» wand sie sich, als ginge sie über Reißnägel.

Er mußte ihr ihren Hochmut lassen. Sie im Glauben lassen, sie bestimme das Spiel. Ihr noch einige Notausgänge zeigen. Sie nicht in die Enge treiben.

«Ich weiß nicht. Wir werden ja sehen.»

«Wer sind Sie? Lügen Sie nicht. Ich habe den ersten Schritt getan.»

«Und wie werden Sie wissen, ob ich lüge?»

«Ich werde es wissen.»

Sie war von unglaublicher Schönheit. Von jener Art Schönheit, die nur Erwachsene erkennen. Da war diese Selbstverständlichkeit, die man für immer verliert, das, was das kostbare Leuchten der wenigen problematischen Jahre zwischen fünfzehn und zwanzig ausmacht. Und diese Transparenz, diese durchscheinende Blässe, die den eher von Energie und Stärke angezogenen Schulkameraden des Mädchens nicht allzusehr gefallen dürfte. Gabriel sagte sich, daß der Punk, ihr kleiner Freund, allen seinen Kumpeln dies immerhin voraus hatte.

«Wir sollten nicht hierbleiben. Sagen Sie mir, wohin wir gehen können. Sie haben die Wahl.»

«Ist das Ihr Wagen?»

Gabriel bejahte. Nicht zuviel sprechen. Ihr die Initiative überlassen.

«Mögen Sie Austern?»

«Wir sind aber nicht in einem Monat mit r.»

«Völlig unwichtig. Wir werden nach Pourville fahren. Das liegt fünf Kilometer von hier. Und außerdem wohne ich dort. Dann muß ich nicht den Schulbus nehmen.»

Gabriel öffnete ihr die Wagentür und würdigte die Anmut der jungen Frau, als sie geschmeidig auf den Beifahrersitz schlüpfte und ihre Mappe mit einem schönen Schwung des Rückens und der Haare nach hinten warf.

«Ich heiße übrigens Gérard.»

Sie antwortete nicht und legte ihren Gurt an.

PULP und die Petze 10

Die Straße folgte der Steilküste in Richtung Süden. Gabriel sah das Lycée zu seiner Linken, wie eine graue und aufgegebene Fabrik. Auch das Mädchen warf den Gebäuden einen kurzen, scheelen Blick zu.

«Ein freundlicher Kasten, kann man nicht anders sagen.»

«Nur noch zwei Monate bis zum Abi und danach ... Schluß.»

«Die Uni in Rouen?»

«Ich weiß nicht. Ich war drei Jahre im Kindergarten, fünf in der Grundschule, und die letzten sieben hier. Ich habe Glück gehabt, bin nie sitzengeblieben. Alles in allem sind das fünfzehn Jahre. Ziemlich lang, denke ich oft.»

«Da warten noch vierzig Jahre Schuften ...»

Sie antwortete nicht, verschloß sich wie jene Austern, an die sie vielleicht dachte.

Zur Rechten lag ein großes grünliches Feld mit halb verrostetem militärischem Material, Kanonen, einem auseinandergenommenen Panzer. Das Ganze vage bedrohlich. Nicht etwa wegen der Gegenstände, sondern weil ein Verstörter seine Zeit damit zubrachte, diese Scheußlichkeiten zu sammeln. Flößte einem nicht unbedingt Zuversicht in die Zukunft des Menschen ein.

«Ich heiße Cécile.»

Sie gelangten nach Pourville, das sich, an einem Kieselstrand entlang, an die Küste duckte. Ein kurzes Stück abwärts in Serpentinen. An den Rändern der Steilklippen, zu jeder Seite, ältere Häuser, einige in normannischem Fachwerk. Erstaunlich dann die Häuser direkt am Meer, mit einem geradezu auffälligen Mangel an Stil. Die meisten waren quadratisch, plump, aus Zement oder Backstein, um allen möglichen Anstürmen des Meeres zu trotzen, ein paar versuchten, mit Spitz- und Ziegeldächern an Altes zu erinnern. Der Turm einer kleinen Kirche, mit einem fetten Hahn darauf.

Und eine lange und breite Esplanade aus Beton entlang des Strandes, der von schroffen, halb mit grauen Kieseln bedeckten Wellenbrechern zerteilt war.

«Gibt es hier Hotels, die noch geöffnet haben? Ich habe keine Lust, heute abend nach Dieppe zurückzufahren ...»

«Pourville ist nicht ruhig, Pourville ist tot.»

«Sagen Sie das nicht. Tote Orte, davon gibt es nicht viele, abgesehen von Friedhöfen.»

«Das hier ist ein Friedhof. Der Strand vor allem. Im Krieg, 42, sind die Kanadier dort unten gelandet. Angeblich, um Radarstationen zu zerstören. Aber das war wohl nur 'ne Art Generalprobe für das, was dann zwei Jahre später stattfand. Sie sind fast alle dabei draufgegangen.»

Mit einemmal fragte sich Gabriel, wie diese dicken Kiesel ausgesehen haben mußten, mit Rot besudelt.

«Das **Hôtel Normandy** dürfte noch offen sein ... Da hinten, aber wir halten hier.»

Sie waren vor einem mächtigen kubischen Gemäuer angekommen, Stil fünfziger Jahre, mit dem Schriftzug *L'Huîtrière* auf dem oberen Streifen Beton. Große Panoramafenster. Hinter dem Gebäude halb mit trübem Wasser gefüllte Betonbecken. Gabriel entdeckte auch ein Boot aus Stahl mit flachem Boden, auf dem zwei Typen Netze verstauten. Die Luft war kräftig jodiert, und das Meer rauschte, unter ihnen, auf den Kieseln. Ein paar Leute spazierten am Ufer entlang, wie auf einer Meerlandschaft von Ende Neunzehnhundert.

11

Sie bestellten mittelgroße Austern, **die sehr grau,** nicht unbedingt fett und ausgezeichnet waren. Gabriel schlug den Muscadet aus. Gemeines Heineken. Cécile hatte schon seit einer ganzen Weile nichts mehr gesagt. Sie hatte nur den Patron begrüßt, der sie offensichtlich sehr gut kannte. Gabriel sah ihr zu, wie sie die Austern kennerhaft und mit Geschick schlürfte. Er spürte bei diesem Mädchen irgend etwas, das nicht zu seinem Alter paßte. Entschlossenheit, Berechnung, so etwas wie Strategie. Er verstand zu warten. Es war an ihr, den Ball ins Spiel zu bringen, aufzuschlagen, die Partie fortzusetzen. Sie hatte ihn aufgesucht, und sie hatte ihn auf ihr Territorium geführt. Sie war kurz davor, ihm etwas zu zeigen. Warum aber, das konnte Gabriel noch nicht erkennen.

Kurzum, er wartete. Er starrte den Haufen Schalen auf seinem Teller an, begegnete bisweilen dem zugleich schneidenden und fliehenden Blick Céciles. Oder er blickte nach draußen, verlor sich in der Betrachtung des grauen und grünen Meers, der weißen und schmutzigen Klippen, des Strandes, der wie ein nasser Veloursteppichboden aussah, der schemenhaften Spaziergänger, die kaum noch etwas Wirkliches an sich hatten.

«Woran denken Sie?» fragte sie endlich.

«An das, was Sie wohl denken.»

«Wer sind Sie? Wenn Sie mir sagen, wer Sie sind und was Sie wollen, dann wüßte ich, was ich Ihnen sagen kann.»

Gut gespielt, Callaghan. Jedesmal wurde Gabriel damit konfrontiert. Für gewöhnlich blieb er möglichst bei der Person, die er sich jeweils zurechtgezimmert hatte. Ansonsten improvisierte er. Den Rock 'n' Roll-Journalisten konnte er sich in diesem Fall schenken.

«Sie werden nicht erfahren, wer ich bin. Was und wer ich bin, hat keinerlei Bedeutung. Stellen Sie sich vor, ich sei ein Werkzeug, ein Hammer, der auf einen Amboß schlägt.»

«Was den Hammer angeht, könnt man eher meinen, daß Sie den schon auf den Kopf bekommen haben.»

«Zwei Jugendliche haben nicht weit von hier Selbstmord begangen. Ein grauenhafter Selbstmord. Eine solche Entschiedenheit findet man äußerst selten. Ich möchte ganz einfach nur etwas mehr darüber erfahren.»

«Und wofür? Sie sind so eine Art Detektiv, stimmt's?»

Als einzige Antwort fing Gabriel lauthals zu lachen an.

«Ein Zivilbulle?» bellte Cécile.

«Hören Sie, Sie Göre, denn wie eine Göre führen Sie sich ja auf. Es kümmert mich einen Dreck, was Sie von mir denken. Haben Sie Bérénice und Frédéric gekannt, ja oder nein? Wenn ja, was können Sie mir dann über die beiden erzählen? Und wenn nein, das heißt, wenn Sie drauf scheißen, dann verdrücke ich mich, dann gehe ich schlafen oder was trinken, was weiß ich. Und Sie, Sie können wieder zurück zu Pappi und Mami gehen in Ihre Villa mit dem schönen blühenden Tulpenbaum davor, dem Meerblick, dem panierten Fisch in der Tiefkühltruhe und dem Foto von Kevin Costner über Ihrem Federbettchen.»

«Falsch. Es ist Robert Mitchum.»

Gabriel blickte sie an. Sie war ein wenig weißer, ein wenig durchscheinender geworden, hatte sich bei ihrer letzten Erwiderung aber zu einem Lächeln gezwungen. Ihre Sommersprossen waren schlagartig hervorgetreten wie eine Himmelskarte im Negativ.

«Eher ein Zeichen von gutem Geschmack. Also dann ... Wiederseh'n, Cécile. Danke für die kleine Spazierfahrt, die war sehr hübsch.»

Gabriel stand auf, suchte, die Rechnung in der Hand, nach dem Wirt, um zu bezahlen.

«Frédéric, das war **mein** Kerl. Béré hat ihn mir weggeschnappt. Vor sechs Monaten.»

Er setzte sich nicht wieder, er wartete auf etwas anderes.

Sie fuhr fort, mit dumpfer Stimme und gesenktem Kopf, als beichtete sie dem Tisch.

«Über zwei Wochen war ich damals ziemlich verzweifelt. Dann hab ich mich zusammengenommen. Eine Schlacht war verloren, aber nicht der Krieg. Ich habe so getan, als wär's mir völlig egal. Ich habe mich mit ihnen versöhnt, mich sogar mit Béré ziemlich angefreundet. Aber das war nur, weil ich hoffte, Frédéric zurückzugewinnen. Weil ich ihn ihr wieder wegschnappen wollte, dieser feinen Schlampe.»

«Und der Punk, was macht der in dem Bild?»

«Der steht im Hintergrund, auf der Lichtung. Neben der Kutsche. Direkt hinter dem großen röhrenden Hirsch. Austauschbar.»

Gabriel war baff. Diese Kälte. Diese Sicherheit im Ton. Er würde hart diskutieren können. Da brach Cécile in lautloses Schluchzen aus. Salzige Tränen rannen reichlich über ihre Wangen, um sich schließlich mit dem nicht weniger salzigen Wasser der Austern zu vereinen. Da erst setzte Gabriel sich wieder, wartete eine ganze Weile, daß sie sich beruhigte, daß sie ihre Verzweiflung wieder hinunterschluckte, daß sie sich auf ihre Rolle besann und in die kleine, filmreife Zynikerin zurückverwandelte.

«Ich habe meine Liebe verloren. Ich habe mich wie eine Schwachsinnige benommen. Ich habe nicht widerstehen können und den Bogen überspannt. Ich arme Irre. Frédéric war ein Klassetyp. Lieb. Hyperintelligent. Schön wie ein Bild. Nun ja, ich jedenfalls fand ihn schön. Ruhig. Stark. Auf keinen Fall ein Typ, der auch nur einen Augenblick mit dem Gedanken gespielt hätte, sich umzubringen. Er verstand sich sehr gut mit seinen Eltern. Die armen. Und wenn ich an seinen kleinen Bruder denke ...»

Wieder kamen die Tränen ... Sie wischte sich unelegant übers Gesicht und schneuzte sich lautstark in die Serviette.

«Ich verstehe nicht, was da passiert sein kann.»

«Liebten die beiden sich?»

«Muß man wohl annehmen. Angeblich haben sie ja einen Brief hinterlassen.»

Gabriel kramte in seiner Tasche, faltete die Fotokopie auseinander und reichte sie ihr. Sie sah das Blatt an wie ein **Alien from outer-space**, stürzte sich dann aber gierig auf die letzten Worte, die ihr Herzallerliebster geschrieben hatte. Gabriel rechnete mit einem hysterischen Anfall, doch ganz im Gegenteil, Céciles Gesicht, schön wie ein zu Tränen gerührter Engel, verhärtete sich unwahrscheinlich.

«Was ist denn das für ein Wisch?»

«Das ist eine Kopie des berühmten Briefes, in dem sie ihre Tat erklären.»

«Sie machen Witze! Frédéric hätte das niemals geschrieben. Er hätte ohne Zweifel ein kleines zorniges Gedicht gemacht. À la Ginsberg. Oder ein Haiku, vielleicht. Er liebte Haikus. Wissen Sie, was ein Haiku ist? Aber nicht diesen Mist.»

Gabriel überliefen kalte Schauder. In Windeseile suchte er nach einem in seinem Gedächtnis.

Mit diesen Schriften
Ist Unrat nur der Fächer
Nur Flickwerk, sonst nichts ...

Cécile schaute ihn an. Das war alles zuviel. Zuviel Anspannung, zu viele Entdeckungen, nichts mehr, an das sie sich klammern konnte, keine Zweige, keine Äste mehr, nur noch der nackte, glatte Stamm.

«Gérard, was ist da los?»

«Ich weiß es nicht.»

Er nahm sie am Arm, zwang sie aufzustehen. Er bezahlte im Vorübergehen. Der Wirt blickte die junge Frau, die noch immer sehr blaß war, sonderbar neugierig an. Doch wahrscheinlich fragte er sich, ob es etwa seine Schalentiere waren, die ein kleines Unglück angerichtet hatten. Eine Salmonelle im Vorübergehen, und schon war man ruiniert.

PULP und die Petze 12

Gabriel begleitete Cécile nach Hause. Sie kletterten einen steilen Pfad hinauf, bogen am Hügelabhang nach links und kamen an einigen Häusern vorbei, die etwas stattlicher waren als die unten am Meer. Sie warf ihm einen letzten nassen Blick zu und betrat ein hübsches Haus in englischem Stil, mit einer langen Holzveranda an der Vorderseite. Auf dem Weg hatte sie ihm eine Art Personenbeschreibung der beiden Verstorbenen geliefert. Über Frédéric erfuhr Gabriel nicht sehr viel, außer, daß er ein idealer Partner war, daß seine Eltern ziemlich alt waren, kurz vor der Rente standen, und daß sie es sicher vorgezogen hatten, den Schauplatz dieser Tragödie zu verlassen, um nicht ständig all die Orte vor Augen zu haben, die sie an ihren Sohn erinnerten. Sie besaßen ein kleines Haus in Marvejols, im Département Lozère, von dem Frédéric häufig gesprochen hatte. Dorthin hatten sie sich offenbar zurückgezogen. Das hatten sie schon vor dem Unglückstag vorgehabt. Nun waren sie Hals über Kopf weg, mit Sack und Pack und dem einen Sohn, der ihnen noch blieb. Im Gegensatz dazu war Cécile, als es um Bérénices Familie ging, fast geschwätzig und vor allem geradezu gehässig. Großbürgertum, allesamt dem Vicomte de Villiers nahestehend, einer schlimmer als der andere, Vater Anwalt, internationales Recht, Mutter hochmütig und demonstrativ nur Hausfrau, um ihre sieben Kinder großzuziehen. Eins alle zwei Jahre, Bérénice war die Älteste gewesen. Ein großes Backsteinhaus mit Türmen und riesigen Rhododendren in Varengeville. Er solle sich dieses Kaff mal ansehen, meinte Cécile, Deauville sei daneben die reinste Favela von São Paulo.

Vorher aber, als sie aus dem Restaurant gekommen und bevor sie zu den Anhöhen hinaufgestiegen waren, von wo aus die Reichen früher auf alles herabgeschaut hatten, da hatten sie sich auf die feuchten Kiesel am Strand gesetzt. Der Abend war nicht mehr weit, und ein junger Typ rackerte sich noch immer mit seinem Surfbrett im eiskalten Wasser ab. Cécile sah nicht einmal zu ihm hin, rieb sich nur, den Rock bis über die Knöchel gezogen, heftig die Füße. Es war hier, wo sie über alles und nichts zu sprechen begonnen hatten. Über Frédéric, der sich seine Kohle damit verdiente, daß er samstags und sonntags im Golfclub arbeitete, direkt hier oberhalb, zwischen Pourville und Dieppe. Über das Abitur, das sich sehr schlecht anließ, das war ihr jetzt nämlich so was von egal. Und über Bérénice, selbstverständlich, die nicht sehr schön war, aber einen unglaublichen Charme besaß, mit ihren wassergrünen Augen. Dazu war sie ein Mädchen, das einen geradezu gestählten Körper gehabt haben mußte, sie ging nämlich intensiv reiten, stieg auf die widerspenstigsten Tiere und fuhr häufig nach Paris, um sich die Kunstreiter im **Zingaro** anzusehen. Die meiste Zeit hing sie im Reitclub von Arques-la-Bataille rum, verbrachte Stunden und Stunden in der Dressurhalle und tobte sich dann zur Belohnung querfeldein auf ihrem Wallach aus.

Und daraufhin hatte Cécile wieder geweint, hatte endlich ihre Tränen getrocknet und schließlich gefroren. Sie wollte nach Hause. Sie gab ihm noch ihre Telefonnummer, wobei sie ihn anflehte, ihr alles zu erzählen, was er erfahren würde. Außerdem, fügte sie hinzu, traue sie ihm immer noch nicht über den Weg, weil sie nicht begreife, was er überhaupt hier wolle. Trotzdem wollte sie ihm irgendwie vertrauen. Wenn auch nur deshalb, weil sie bei dieser Sache, die ihr wirklich angst mache, selbst nicht durchblicke – bei diesem Scheißselbstmord.

Gabriel stieg wieder ans Meer hinunter und nahm sich ein Zimmer im Hôtel Normandy. Ein altes Gemäuer mit Türmchen und Fenstern, die sich, von der fliegenden Gischt aufgequollen, nur schwer öffnen ließen. Doch sein Zimmer war reizend, etwas altmodisch, fast ein Jungmädchenzimmer, nur ohne die Plüschtiere, Poster und Barbie-Puppen, die schlechten Gewissens aufbewahrt werden. Er nahm eine Dusche und legte sich danach sofort ins Bett. Morgen war ein anderer Tag. Er rief Cheryl an, hinterließ ihr, wie er es immer in solchen Fällen tat, eine verschlüsselte Nachricht auf dem Anrufbeantworter, die ihr sagte, wo er sich aufhielt und daß alles in Ordnung sei. Er wußte, Cheryl würde nie versuchen herauszufinden, was er so alles trieb, wenn er nicht da war. Das war Teil ihres gegenseitigen Vertrauens. Doch beim kleinsten Alarm würde Cheryl wissen, was zu tun war, um ihrem Geliebten möglichst aus der Patsche zu helfen. Sie hatte genaue Instruktionen für diesen Fall. Es war bereits vorgekommen ... Auf seinem Bett ausgestreckt sah er knapp über dem Fensterbrett die Linie des Horizonts, Wassergrün auf Mausgrau, und dachte an diese Frau. Er wünschte sich, ihr vollkommener Schattenriß würde sich vor dem Fenster, vor dem Meer abzeichnen. Es war Wind aufgekommen. Die Flut. Er schlief ein, während er sich wieder einmal schaudernd vorzustellen versuchte, wie die beiden an die Schienen gefesselten Jugendlichen die gelben Scheinwerfer eines Zuges auf sich zurasen sahen.

PULP und die Petze 13

Direkt nach dem Aufstehen, ohne auch nur zu frühstücken, verließ er das Hotel, lief eine kurze Weile bei Ebbe unter den Steilhängen entlang und stürzte sich dann in den Kanal. Er kam krebsrot wieder heraus, ganz außer Atem und fühlte überall Nadelstiche auf seiner Haut. Keuchend kehrte er ins Hotel zurück, um unter die Dusche zu gehen und sich fünf belegte Brote sowie zwei Kaffees zu genehmigen. Die Kellnerin versuchte geschickt, ihm die Würmer aus der Nase zu ziehen, doch er gab sich mürrisch. Er ließ lediglich ein paar belanglose Sätze fallen: er sei, so ungefähr, auf Erkundungstour für die Ferien.

Dann nahm er den Wagen und fuhr ins Hinterland, Richtung Arques-la-Bataille. Kleine fröstelnde Dörfer, protzige Häuser aus dunkelrotem Backstein und Kirchen mit sehr steilen Schieferdächern waren an der Straße aufgereiht. Dazwischen gab es jede Menge Kühe und Wasserläufe. Gabriel fand den Reitclub ohne Mühe. Eine Tafel zeigte Öffnungszeiten und Tarife an, auch der Reitschulen und Freiluftareale. Im Augenblick war geschlossen. Er öffnete trotzdem das Gatter und machte es sorgsam wieder hinter sich zu, wartete einen Moment, um zu sehen, ob nicht irgendwo ein Köter herumsprang. Doch da war kein Raubtier am Horizont. Pferde mögen diese Sorte winselnder und grundlos beißender Tiere nicht allzusehr. Neben einem großen Fachwerkhaus, Stil Calvadosetikett, eine Reihe Pferdeboxen. Eine Frau in Stiefeln und langer Windjacke hantierte mit Forke und Pferdemist. Während Gabriel mit tüchtigem Schritt auf sie zuging, fragte er sich, wie er sich einführen wollte, welche Lüge er erfinden, welche Rolle er spielen würde. Die Frau sah ihn näher kommen. Sie hatte harte Züge, ein Gesicht wie gemeißelt, um die Fünfzig. Eine finstere Person, die ihre tägliche Arbeit verrichtete und wahrscheinlich das Anwesen nicht oft verließ. Doch die Art, wie sie ihr Haar zurückgebunden hatte, mit einem glitzerbesetzten Haarreif aus Leder, konnte darauf hinweisen, daß sie vielleicht die Chefin war. Auf jeden Fall keine Stallmagd, die zweifellos eher ein Tuch getragen hätte, oder ein chichi, wie Cheryl, die auch solche komischen Gummibänder im Haar hatte, die Dinger nannte.

«Guten Tag ... Entschuldigen Sie bitte, ich habe mir erlaubt hereinzukommen ...»

«Das sehe ich.»

«Ich habe ein vielleicht sonderbares Anliegen an Sie. Sind Sie die Verwalterin des Clubs?»

«Wenn man so will. Die Verwaltung mache ich, wenn ich Zeit habe.»

Gabriel hüstelte, vor Verlegenheit, vor Verwirrung.

«Tja, also. Ääh! Verzeihen Sie, aber es ist ziemlich schwer ...»

Er schneuzte sich heftig, bevor er fortfuhr.

«Ich bin der Patenonkel der kleinen Bérénice, wissen Sie ... die Kleine, die ...»

«Was wollen Sie?» schrie die Frau unvermittelt, eindeutig in der Defensive. Sie pflanzte die Forke in die feuchte Erde, genau zwischen sich und ihrem Gegenüber, wie ein Indianer seinen Speer, der einem weißen Mann verwehrt, heiliges Land zu betreten.

«Entschuldigen Sie bitte, es ist nicht leicht für mich, das alles zu sagen. Ich war ihr Patenonkel. Nicht aus der Familie, wissen Sie, ein ehemaliger Freund des Vaters. Inzwischen hat sich das geändert, ich bin zerstritten mit der ganzen Bande in Varengeville. Das Leben ... die Politik, das alles. Niemand dort oben will mich mehr sehen. Ich habe nur die Zeitungen gehabt, die das alles über Bérénice berichtet haben. Und Sie wissen ja, wie das ist, ein Artikel in einer Zeitung. Unter Vermischtes steht so was, so nennen die das ...»

Er senkte den Kopf.

«Aber im übrigen stimmt es ja, in meinem Herzen ist irgendwie alles vermischt, verwirrt, wie soll ich sagen ...»

«Wie heißen die denn, die da oben?»

«De Baily de Longueville. Warum? Glauben Sie mir etwa nicht? Nun, gut.»

Wie mechanisch, als stünde er auf einem Podium, führte Gabriel aus:

«Monsieur de Baily de Longueville ist Rechtsanwalt, spezialisiert auf internationales Recht, und Madame, die sieben Kinder geboren hat, von denen Bérénice die Älteste war, ist Hausfrau und Mutter, doch früher, als ich sie kennenlernte, da wollte sie sich einer Sache opfern, die ...»

«Ist gut, ist gut.»

Gabriel beglückwünschte sich, noch am Morgen das **Who's**

Who zu Rate gezogen zu haben, sonst wäre er vor drei Sekunden reif gewesen. Nie derartige Chancen verpassen. Sie stets auf seine Seite bringen. Manchmal ist der Spielraum eine Frage von drei Sekunden.

«Wenn die schon damals daran dachte, sich diesem Schwachsinn zu *opfern*, wie Sie sagen, dann ist es wohl kein Wunder, daß Sie sich mit ihr zerstritten haben, was? Das war doch der Grund, oder?»

In der Klemme, Gabriel. In diesem Fall, die Chancen stehen fünfzig zu fünfzig, den Kopf weiterhin gesenkt halten, und wenn's nicht klappt, ein Schlag ins Genick. Dann war es Zeit, die Gegend zu wechseln.

«Ja.»

«Man könnte meinen, Sie würden sich schämen ...»

«Nein. Absolut nicht. Aber wissen Sie ... Ich denke an Bérénice, und nur an Bérénice. Ich fühle mich verpflichtet, nur an Bérénice zu denken ...»

«Was kann ich für Sie tun?»

Gabriel schniefte. Das war wirklich gut, dieses Geschniefe. Ein Mann, der schnieft, das rührt.

«Ich möchte Sie bitten ... mir fünf Minuten Ihrer Zeit zu schenken, um mir wundervolle Dinge über Bérénice zu erzählen. Das würde mir vollauf genügen. Ich könnte dann zumindest mit ein paar schönen Bildern im Kopf nach Paris zurückkehren. Bildern, die sich zwar nach und nach verwischen werden. Aber es würden letzte Bilder sein, die ich von ihr gehabt hätte ... Weil die Erinnerungen nämlich ... das kleine, lachende Mädchen ... das alles, das ... macht mich nicht froh.»

«Ich sage es Ihnen lieber gleich, die letzten Male, die ich Bérénice gesehen habe, da war sie nicht Marilyn Monroe in ‹Das verflixte siebte Jahr›. Eher schon in ‹Misfits›. Sie war ganz merkwürdig. Sie ritt ja ausgezeichnet. Sie träumte davon, in einem Zirkus wie Zingaro zu arbeiten, Sie wissen, was ich meine? Nicht, weil es ein Zirkus war, nein, einfach nur, weil es dort Kunstreiterinnen gibt ... wie die Engel! Wirklich, eine ausgezeichnete Reiterin. Nun ja, und zwei Wochen vor dem Ganzen hat sie sich plötzlich geweigert, sich auf ein Pferd zu setzen. Sie hätte ja zu Hause bleiben können, um nicht in Versuchung zu kommen. Aber nein. Sie kam her, hierher, kümmerte sich um ihren Wallach, wechselte das Stroh, ließ ihn an der Longe laufen ... Sie ist aber nie in den Sattel gestiegen.»

«Das verstehe ich nicht. Hatte sie Angst?»

«Ich glaube nicht.»

«Und, was glauben Sie?»

«Weshalb, Ihrer Meinung nach, steigt eine junge Frau nicht mehr auf ein Pferd?»

«Ich muß gestehen, ich ...»

«Ich weiß nicht, welches Bild Sie von Ihrer Patentochter mitnehmen werden, Monsieur, aber es gibt da ziemlich eindeutige Gründe. Frauengründe.»

Gabriel erstarrte.

«Sie wollen damit sagen, daß ...»

«Sie sah etwas durchscheinender, zarter aus als sonst. Und sie hielt sich sehr gerade, als wenn sie ihren Körper ein bißchen nach hinten verlagern wollte ...»

PULP und die Petze 14

Gabriel fuhr wie der Henker über die Landstraße. Ein schwangeres Mädchen, das gemeinsam mit dem Vater seines Kindes Selbstmord beging, weil die Welt gegen sie war, weil das die böse Überraschung des Jahrhunderts war, das paßt alles nicht zusammen. Man schrieb schließlich das Jahr 95. Derartige Patzer waren doch leicht zu beheben. Vor allem, wenn eine sowieso bis zum Exzeß auf dem Gaul saß. Nun schien sie jedoch alles vermieden zu haben, was einer Berg- und Talbahn ähnlich sehen konnte. Als ob sie auf dieses Dingsda, das ihr im Bauch wuchs, bereits sehr achtgegeben hätte. Eigenartig. Aber Gabriel glaubte dieser Frau, die den lieben langen Tag mit brünstigen Stuten zu tun hatte, und mit Hengsten, denen der Geifer an der Trense stand. Er wurde sich bewußt, daß es in der gesamten halbseidenen Literatur immer einen Stallknecht gab, einen Pferdestall, haufenweise Stroh, Gewieher in der Ferne, Lederstiefel und, bisweilen, eine Reitgerte.

Er fuhr genau in dem Augenblick am Lycée vorbei, als die Schüler in die Klassenräume gingen. Er versuchte Cécile auszumachen, doch da hätte er auch gleich den Jackpot im Lotto gewinnen können. Doch auch, wenn sich das große Glück nicht einstellt, wenn man nicht die zehn Millionen gewinnt, hundert Mäuse sind immer drin. Genau das sagte Gabriel sich gerade, als er den Punk erblickte, den Stellvertreterverlobten.

Er stieg aus seinem Twingo und versperrte ihm den Weg.

«Kletter in die Karre!»

«Tod den Bullen!»

«Kletter rein oder ich polier dir die Fresse!»

«Hoppla, hoppla, man regt sich auf, man verliert die Nerven, man macht auf Mussolini.»

Als Gabriel auf ihn zustürzte, sprang der junge Mann wie eine Katze in die Karre. Er knallte die Tür hinter ihm ins Schloß.

«Hör mir jetzt genau zu, du komischer bullock auf Turkey, ich werde dir jetzt eine Frage stellen. Und ich kann dir nur raten, mir zu antworten. Bérénice und Frédéric. Du weißt schon.»

«No future.»

«War Bérénice schwanger?»

«Jedenfalls nicht von mir.»

Gabriel packte ihn am Hals, drückte ihn gegen die Beifahrertür.

«War Bérénice schwanger?»

«Scheiße! Hören Sie auf! Was soll ich denn dazu sagen? Ich weiß überhaupt nichts. Lassen Sie mich doch in Ruhe mit Ihrem Scheiß! Sie gehen mir vielleicht auf die Eier! Jeder macht, was er will! Und mich kümmert das einen Dreck! Ich bin doch nicht pro familia!»

Gabriel ließ ihn los und schmiß ihn raus. Der Punk stand auf, kickte fuchsteufelswild in die Beifahrertür. Doc Martens voll in Action. Gabriel nahm es ihm nicht übel. So eine Karre war auch nur ein Haufen Schrott, und außerdem gehörte sie nicht ihm.

«Hau ab und krepier!» brüllte der junge Mann, als Gabriel anfuhr.

Er heizte ins Stadtzentrum hinunter, hielt neben einem öffentlichen Plan, machte sich fiebrig eine ungefähre Skizze, setzte sich wieder ans Lenkrad, verweigerte ein paar Mal die Vorfahrt und nahm zwei Einbahnstraßen in verkehrter Richtung. Er fand die Rue Aristide Briand mit Leichtigkeit, oh!, wenn er wollte, konnte er brillant sein, und legte sich dort auf die Lauer. Er verschnaufte, fand ein unter dem Sitz vergessenes Pils. Jetzt war er gewappnet. Es war zwar noch etwas früh für ein Bier, doch seine Kehle fühlte sich an wie ein Glitzischwamm. Er kannte den guten Mann nicht, aber der Typ, der aus dem hübschen, kleinen, traditionellen roten Ziegelhaus herauskäme, würde zweifellos der richtige sein. Der Gerichtsmediziner. Oder der Liebhaber von seiner Alten. Aber um diese Uhrzeit war das kaum wahrscheinlich. Der Arzt, den die Polizei geholt und unter Eid genommen hatte. Zusätzlich zur ärztlichen Schweigepflicht. Der, der die Stücke in Empfang genommen, die Mägen geöffnet, die Schlüsselchen gefunden hatte. Wenn er eine derart genaue Autopsie gemacht hatte, müßte er eigentlich in der Lage sein zu sagen, was die beiden am Vorabend gegessen hatten, ob sie mit Drogen vollgestopft waren. Vielleicht sogar, was sie im Kopf hatten ... Und ob Bérénice tatsächlich schwanger war.

Viertel vor neun. Der Typ dürfte eigentlich noch nicht auf der Arbeit sein. Er gab ihm noch eine Viertelstunde.

Er beschloß, sich das Urquell reinzuschütten, hatte jedoch nicht mehr genügend Zeit, sich zu fragen, wie es schmeckte. Eine Brillenschlange in grüner Jacke, Sorte sportlich mit Jogging-Tendenz, preschte die Außentreppe des Hauses hinunter. Zwanzig Meter weiter bestieg er einen Saab Turbo. Gabriel scherte aus der Parklücke aus und begann, wie in den altbackensten amerikanischen Filmen, dem Saab zu folgen. Nicht zu dicht auf, nicht zu weit weg, ohne Hektik, Ampeln waren hier eher rar, und ohne die 24 Stunden von Le Mans kopieren zu müssen, denn der Mediziner kutschierte wie ein richtiger Opi.

Sie fuhren am Krankenhaus vorüber, Gabriel wußte bereits, daß sein Opfer dort nicht regelmäßig arbeitete, nur für ein paar Sonderschichten – im Leichenschauhaus. Der Saab parkte zwei Kilometer weiter, an der Stadtgrenze, vor der Sozialstation des Viertels, einer Poliklinik, in der Bedürftige kostenlos medizinische Hilfe erhielten. Der Herr machte also auch auf sozial. Kein Mensch im Umkreis. Gabriel stellte den Wagen ab, zog seine Jacke aus, zerzauste sich die Haare und überquerte die Straße. Klingelte an der Tür. Zweimal kurz. Ausreichend heftig also, damit es dringend wirkte, aber nicht heftig genug, um auf einen streitsüchtigen Kerl hinzudeuten. Folglich war es der Arzt selbst, der ihm aufmachen kam und dem er direkt einen auf die Nuß verpaßte, so daß er hinterrücks umkippte mit dem charakteristischen Laut, den ein Stapel zusammengelegter Laken verursacht, wenn er aus einem nicht richtig verschlossenen Schrank fällt. Gabriel schloß die Tür sofort ab, packte den Quacksalber unter den Armen und schleifte ihn in den nächstbesten Raum. Er horchte einen kurzen Augenblick nach dem Hin und Her im Gebäude, nur entferntes Gemurmel und Geklapper, zog das Telefon aus der Buchse und setzte sein noch immer bewußtloses Opfer auf einen Lehnstuhl. Dann fand er in einem Wandschrank einen weißen Kittel und wickelte ihn sich um den Kopf. Dann durchwühlte er die Instrumente, die in Reih und Glied auf einem kleinen emaillierten Rollwagen lagen, und wählte eine Art Skalpell. Darauf endlich ohrfeigte er den Doktor, beobachtete ihn versonnen, wie er langsam wieder zu Sinnen kam, ein wenig Blut perlte an seiner Unterlippe, und als der Typ die Augen öffnete, hielt er ihm das Skalpell ans Unterlid, direkt an den Tränensack. Hände hoch, Augen, ihr seid umzingelt! Der Arzt starrte ihn an, als sei das alles ein schlechter Traum.

«Hören Sie mir gut zu. Ich werde Ihnen eine Frage stellen, und Sie werden mir darauf antworten. Wenn nicht, verlieren Sie ein Auge. Danach werde ich mich dem zweiten zuwenden. Mit den Diagnosen wird's dann Probleme geben. Sie werden auf Klavier umsatteln müssen.»

Der Typ hatte reichlich zu schwitzen begonnen. Ein Anfall spontaner Sudoration, wie der Mediziner sagt.

«Warum haben Sie nicht gesagt, daß Bérénice de Longueville schwanger war?»

«Aber das habe ich doch gesagt!»

Gut, dachte Gabriel, damit wäre eine Information bestätigt.

«Aber man hat mir ...»

«Wer, man?»

«Die Familie, die Gendarmen, der Untersuchungsrichter. Man hat mir gesagt, daß es nicht nötig wäre, eine derartige, im Grunde genommen doch ziemlich private Information unter die Leute zu bringen.»

«Warum?»

«Weil es nicht nötig war, noch Öl ins Feuer zu gießen. Das Unglück war so schon groß genug. Zwei Tote, da bestand kein Bedarf nach einem dritten.»

«Und wie weit war sie schwanger?»

«Zweiter Monat, Anfang dritter.»

«Da kann doch ernsthaft keiner gedacht haben, das sei eine Person mehr?»

«Sie scherzen doch, hoffe ich.»

Gabriel bewegte das Skalpell. Die angeritzte Haut blutete ein wenig. Das etwas glupschig hervortretende Auge versuchte, unter sich zu schauen. Eine merkwürdige Grimasse. Die Gesichtshaut war sehr bleich geworden.

«Den de Baily de Longueville ist das Leben heilig. Es kam einfach nicht in Frage, daß einer sagt, Bérénice hätte eine unschuldige Person mit in den Tod gerissen. Das war für die der absolute Horror, der vollkommene Widerspruch zu all ihren Überzeugungen. Ihre Trauer war auch so schon groß genug.»

«Was ist noch vertuscht worden?»

«Nichts. Ich schwör's Ihnen.»

«Keine Spuren von Schlägen, keine Hämatome?»

«Wissen Sie ... Ich werde Ihnen das ja jetzt nicht im einzelnen schildern müssen. Ein Triebwagen von mehr als vierzig Tonnen war über die beiden drübergerollt. Darf man nicht vergessen. In dem Fall Hämatome auf den Stücken ausfindig zu machen, war nicht unbedingt meine vorrangigste Sorge, muß ich gestehen.»

«Sie haben es vorgezogen, in die Mägen zu kucken.»

«Im Fall eines Selbstmords ist das die Regel.»

Gabriel steckte in der Klemme.

«Gut. Jetzt hören Sie mir genau zu. Ich existiere nicht. Ich bin heute morgen nicht hierhergekommen. Niemand hat Ihnen Fragen gestellt. Sie haben sich an einer Tür gestoßen. Andernfalls werde ich unangemeldet wiederkommen und Sie einen weißglühenden normannischen Schrankschlüssel aufessen lassen.»

Er trat hinter den Arzt, nahm den Kittel vom Kopf und fesselte damit die Hände des Onkel Doktors an die Füße des schweren Stahltisches.

Dann ging er hinaus, begegnete vor der Tür einer verängstigten Einwandererfamilie, deren Kinder sehr glänzende Augen hatten, und hechtete zu seinem Twingo. Als er losfuhr, war noch niemand aus der Klinik rausgekommen.

PULP und die Petze 15

Er ging noch mal in die Bar des Tribunaux, weil die Bierauswahl dort beachtlich war. Er bestellte ein Stout Mackeson, tiefschwarz und cremig, mit einem Nachgeschmack von Milch und Karamel, weil er das Verlangen hatte nachzudenken und dieses Bier eigentlich nie schwer war. Bislang war er nicht sehr weit gekommen. Abgesehen von der unbewiesenen Quasigewißheit, daß der Abschiedsbrief nicht von Bérénice und Frédéric geschrieben war, hatte er nicht viel in der Hand. Die junge Frau war schwanger gewesen, aber so was war ja recht alltäglich. Nichts, weswegen einem die Galle überlaufen müßte. Er verstand sogar recht gut die Beweggründe der Familie, es zu verheimlichen. In einem solchen Milieu. Sehr wahrscheinlich war das dennoch nicht der Grund, weswegen Bérénice und Frédéric sich umgebracht hatten. Romeo und Julia? Jetzt ist **Jurassic Park** angesagt. In Bérénices Familie kam es auf einen Plärrer mehr oder weniger nicht an, und die von Frédéric hätte dieses Kind der Liebe mit gutem cremigem Käse großgezogen. Blieb also nur noch die Geschichte mit dem Brief. Von dieser Seite mußte er den Fall in Angriff nehmen. Und falls er einen Schlag ins Wasser landen würde, nun denn, dann bräuchte er nur ins **Pied de Porc à la Sainte-Scolasse** zurückkehren, weiter Gérards Sarkasmen ertragen und sich jeden Morgen in die Lektüre des Unglücks dieser Welt vertiefen. Das war nicht allzu schlimm, all das würde die beiden zergliederten Jugendlichen ohnehin nicht wieder lebendig machen. Außerdem wurde Gabriel nicht dafür bezahlt, Resultate vorzuweisen. Bezahlt wurde er ja sowieso nicht. Er forderte den Teufel heraus, sonst nichts. Und wenn der Teufel seine Hörner zu gut tarnte, dann streckte Gabriel die Waffen. Wenn es ihm jedoch gelang, ihn bei seinem am meisten gespaltenen Fuß zu packen, dann wurde die Schlacht hart, und die Belohnung war ein kleiner Sieg über das Unheil.

Er bestellte sich ein Sandwich mit Schmalzfleisch, um die leichte Trunkenheit zu vertreiben, die ihn befallen hatte. Das Stout. Das trinkbare Brot der Iren.

Anschließend schlenderte er, tief durchatmend, durch die Straßen. Es war kurz vor elf Uhr am Morgen und noch recht frisch. Er fand eine Buchhandlung und schlug dort das eine oder andere in einer Enzyklopädie nach.

Dann fuhr er wieder nach Pourville, und als er am Lycée vorbeikam, ertappte er sich dabei, wie er darauf lauerte, daß er Cécile irgendwo sähe. Er fuhr zu seinem Hotel, zog sich um, wählte aus der Menge falscher Papiere einen Ausweis, der ihm am passendsten erschien, betrachtete lange seine Beretta, ließ sie schließlich aber im Schrank, unter seiner Reisetasche.

Er brach zu Fuß nach Varengeville auf. Das Wetter war schön, ein leichter, stetiger Wind hatte die letzten Wolken ins Landesinnere verweht. Er stieg den Weg die Steilküste hinauf und marschierte lange Zeit an von Stacheldraht umzäunten Feldern entlang. Das Land dehnte sich so grün wie alle anderen Weideflächen im Westen Frankreichs auch. Doch Gabriel hatte das Gefühl, daß es sauberer wäre, wie angemalt mit einem schmuckeren Grün. Land reicher Leute. Zweifelsohne war es die Nähe der kleinen Stadt, die diesen Eindruck verursachte. Dann kamen die ersten Häuser. Selbst die Bauernhöfe sahen schon aus wie Zweitwohnsitze für Begüterte. Der hellrote, polierte Backstein, die Türmchen, die breiten, niedrigen, behäbigen Gemäuer boten einen etwas weniger ätzenden Anblick als das traditionelle Fachwerk der Normandie. Jedes Haus hatte Gelände drum herum, viel Gelände,

Park en masse und Blumen wie Heu. Der Eindruck von Ruhe war vorherrschend, Reichtum selbstverständlich, aber keine Protzerei, überall nur guter Geschmack. Aristokratie halt. Er spazierte eine Weile aufs Geratewohl auf den kleinen, blumengesäumten Straßen umher, ein Feuerwerk an Glyzinien, üppiger Goldregen, Rosensträucher wie brennende Büsche und Rhododendren en masse, riesenhaft, hoch wie Platanen. Er entdeckte einige Geschäfte, darunter auch eine Patisserie ganz und gar wie alle anderen Patisserien, deren gesamte Kundschaft jedoch aus dem sechzehnten Arrondissement entflohen zu sein schien. Man brauchte sich bloß die Karren davor anzusehen, nicht eine unter hundert Riesen, glücklicherweise war er nicht mit dem Twingo gekommen, er wäre als Schandfleck aufgefallen.

Überall fanden sich Schilder, die auf den berühmten Landsitz, **Le Manoir d'Ango**, hinwiesen. Ango, in Argot, ist **angoisse**, ist Angst. In einem Selbstbedienungsladen fragte er nach dem Weg. Na sicher kannte man die Behausung der Familie de Longueville. Die lag direkt an der Kreuzung vor der Straße, die zum **Parc Floral des Moustiers** führt. Man belächelte sogar diesen langen, etwas schlottrigen Typ mit Schirmmütze, nicht unbedingt ein Gentleman-Farmer, weil er nicht einmal wußte, wo diese so bedeutende Familie hauste.

Was Gabriel erstaunte, war die absolute Stille hier. Einige Wagen fuhren, zweifelsohne in Richtung des berühmten Parks, leise vorbei. Die Motoren flüsterten, als ob sie das ferne Rauschen des Meeres nicht übertönen wollten. Gleichwohl nahm man den Ärmelkanal überhaupt nicht mehr wahr in dieser kleinen Stadt. Hier war man weitab von allen Fährnissen, weder dicht an der Scholle noch dicht an den Fluten. Man war weit oben, auf einem Felsen. Näher am Himmel. Es lag so etwas wie schlechtes Parfum in der Luft durch das unglaubliche Gemisch all der Essenzen. Jedenfalls roch es nicht nach Elend, Barbecue, Kanalisation oder Metro.

Gabriel kam vor ein großes Portal aus mandelgrünem Holz. Eine Platte aus satiniertem Stahl, d B d L, in Zierlettern. Sehr schlicht, sehr schick. Eine Klingel. Das kleine Gitter einer Gegensprechanlage.

Gabriel atmete tief durch und drückte auf den Knopf. Ein Zirpen.

«Ja?»

Die Stimme einer Frau.

«Entschuldigen Sie bitte die Störung. Mein Name ist Jérôme le Prieur. Ich arbeite für den **Conseil Régional de la Haute-Normandie.** Ich mache eine Studie über Rhododendren, für eine prestigeträchtige Veröffentlichung. Man hat mir gesagt, sie hätten einige ganz und gar einzigartige Exemplare, vor allem in den blassen Farben. Ich ersuche Sie daher um die Erlaubnis, sie bewundern und beschreiben zu dürfen. Ich werde auch nur ein paar Minuten stören ...»

«Einen Augenblick.»

Das Zirpen erstarb.

Gabriel wartete eine ganze Weile. Wenn man, von drüben, knirschende Schritte auf Kies erwartet hatte, lag man völlig falsch. Das gut geölte Portal öffnete sich und dahinter stand ein dickbauchiger pomadiger Laffe mit nach hinten geplättetem Haar, der in einem Anzug steckte, den nicht einmal Robert Mitchum in einem miesen, billigen Film der fünfziger Jahre zu tragen gewagt hätte.

«Ihren Personalausweis ... bitte. Sie bekommen ihn zurück, wenn Sie wieder gehen ...»

Gabriel verpaßte sich das halb entrüstete, halb fragende Gesicht des unbeteiligten Zivilisten. Der Scherge versuchte zu erklären.

«Monsieur und Madame de Baily de Longueville haben gerade eine Familientragödie durchlebt. Sie sähen es nicht gerne, wenn Journalisten sich in ihre privaten Gefühle mischten.»

«Aber ich bin doch kein Journalist ...»

«Ihren Ausweis, bitte.»

Gabriel reichte ihm seinen falschen Ausweis, wobei er so tat, als würde er sich beherrscht ins Unvermeidliche schicken, obwohl ihn das nun wirklich nicht juckte. Pedro konnte ihm Papiere wie die da jeden Tag dutzendweise kacken.

Der gedungene Killer gab ihm den Weg frei, und Gabriel warf ihm ein kratzfüßiges Lächeln zu. Er fragte sich, was ein antiquierter klobiger Spiegelschrank dieses Kalibers bei einer derart auf Stil bedachten Familie wohl zu tun hatte.

Er folgte ihm auf Wegen, die gesäumt waren von weißen Spiersträuchern und schnurgerade beschnittenen Buchsbaumhecken. Etwas weiter entfernt stand ein stattliches Herrenhaus aus Backstein, fast vollkommen von Efeu und Geißblatt zugewuchert.

Und vor der verglasten Eingangstür eine Frau in dunklem Kostüm.

Während er über weiches Gras schritt und hinter sich die aufmerksame Gegenwart des Mietraubtiers spürte, sagte sich Gabriel, daß das Leben wirklich ungerecht war. Er war hier wegen der Tochter, und wem würde er gleich gegenüberstehen, der Mutter. Von nahem betrachtet hatte sie einen etwas eckigen Kopf mit einer hohen Stirn, ein bißchen wie Giscard d'Estaing mit Perücke. Der Teint blaß, kein Make-up. Große helle Augen, nicht einmal dunkel umschattet. Die Würde unverwüstlich, korrosionsfest. Hinter ihr erschien, wie durch Zauberei, durch die verglaste Tür ein junger Mann in glänzend schwarzem Regenmantel, der in einem Film über die Gestapo hätte mitwirken können. Die Haare sehr kurz, eine rosige Gesichtsfarbe, Pausbacken, ein feuriger Blick, ein schwarzes Notizbuch unterm Arm. Er stellte sich genau hinter die Hausherrin und fixierte Gabriel wie einen Dobermannkothaufen.

«Madame ...»

«Monsieur?»

«Le Prieur. Jérôme le Prieur.»

«Monsieur le Prieur ... Zu welcher Familie gehören Rhododendren?» fragte mit schriller Stimme der Klon eines Milizionärs.

Normal. Normal und vorhersehbar. Doch Gabriel hatte seine Vorsichtsmaßnahmen getroffen. Jetzt werden sie sich eine blutige Nase holen, sagte er sich. Hoffentlich hatte die in der Buchhandlung durchgeblätterte Enzyklopädie keinen Schwachsinn erzählt. Überdrüssig dreinblickend setzte er an:

«Die Ericaceae sind Dicotyledoneae mit zumeist gamopetalen Blüten. Der Rhododendron ist eine strauch- oder bäumchenbildende Pflanze mit ledrigen immergrünen Blättern und Blüten mit zehn Staubbeuteln, wogegen die Azalee, die ebenfalls zu den Ericaceae gehört, lediglich fünf Staubbeutel und abfallendes Laub besitzt. Es gibt mehr als fünfhundert Arten davon ...

Neuer Rhododendron
Den ein Schmetterling besucht
Die Flügel gefaltet

... Das ist ein Haiku ... des japanischen Meiste...»

«Ich danke Ihnen, Monsieur le Prieur, und verzeihen Sie mir», schnitt ihm die Herrin der Stätte das Wort ab. Mit einemmal hatte sie sich die Maske von Irene Papas in einer griechischen Tragödie aufgesetzt. Egal welcher. «Ein Familiendrama nötigt mich, Sie nicht zu empfangen. Dennoch wird niemand behaupten können, dieses Haus wäre Leuten von Geschmack gegenüber ungastlich gewesen. Sie haben also alle Muße, durch den Park zu spazieren.»

Sie deutete mit einer etwas herablassenden Miene auf den Operetten-Mitchum.

«Monsieur Esposito wird Ihnen Gesellschaft leisten und Sie führen. Entschuldigen Sie mich jetzt bitte ...»

Verdammter Puff. Aufgelaufen. Gabriel sah sich überhaupt nicht den Botanischen Garten zusammen mit dem Hausgorilla besichtigen und über Blütezeit, Sorten, saure Böden und Blüten in Doldentrauben reden. Und außerdem, diese ganzen marmorierten Konversationen mit den Leuten der Hautevolee, deren Töchterchen und Jüngelchen sich unvermutet zu Punks mauserten, die gingen ihm allmählich auf den Zeiger. Es war Zeit, sich aufzuregen, sonst würde dieser Mist sich noch ewig hinziehen.

«Eine Sache noch, Madame de Baily de Longueville. Da Bérénice und Frédéric es nicht waren, die den angeblichen Abschiedsbrief geschrieben haben, wer war es dann? Hm?»

«Esposito, wirf diesen Scheißkerl raus.»

Doch Esposito erhielt keine Gelegenheit, seinen korsischen Banditen zu geben. Seine Eier waren soeben in wüstester Weise von einem jäh in Eric Cantona verwandelten Rhododendronophilen getreten worden. Seine Knie näherten sich langsam dem Boden, seine Atmung stockte. Gabriel nahm den auf den Kies gefallenen Ausweis wieder an sich.

Madame de Longueville war zur Salzsäule erstarrt. Dieses plötzliche Hereinbrechen der Gewalt hatte sie ihrer sämtlichen theatralischen Ärmeleffekte beraubt. Der andere Nazi in Schwarz tat einen Schritt nach vorn. Gabriel richtete wutschnaubend seinen Zeigefinger auf ihn.

«Du, wenn du dich rührst, und sei's auch nur mit einer Zehe, dann wird deine Fresse gleich wie eine Luftaufnahme von Dresden aussehen.»

Er blickte Madame an, die zwar gereizt, doch mit einemmal nur noch verdrossen zu sein schien. Eine Ernsthafte, mit schnellen Reflexen. Sie hatte nicht eine einzige Geste des Mitgefühls gegenüber ihrem massiven Portier gezeigt, der auf dem Weg kniend wie ein Walroß litt.

«Ihre Vulgarität erstaunt mich, Madame Rotz von der Backe. Das ist ein Zeichen von Nervosität. Wer hat diesen Brief geschrieben?»

«Ich werde die Polizei rufen», spie sie.

«Genau. Dann werden wir ganz offiziell eine graphologische Untersuchung verlangen.»

Sie wurde weiß.

«Was wollen Sie damit sagen?»

«Ich frage Sie, wer diesen Brief anstelle von Bérénice und Frédéric geschrieben hat.»

«Aber ... Das war doch Bérés Schrift ... Da besteht überhaupt kein Zweifel! Ich selbst habe ihn doch gefunden! Und das wurde von der Justiz bestätigt!»

«Andere Experten könnten dem widersprechen ...»

«Der beste Experte, das bin ich selbst, ihre Mutter. Ich habe viele handgeschriebene Briefe von meiner Tochter ...»

«Man hätte ihn den beiden auch diktiert haben können ...»

«Wonach suchen Sie eigentlich, Monsieur le Prieur, oder wer immer Sie sind?»

«Ich weiß nicht. Aber ich werde es herausfinden. Ich hatte nicht mehr unbedingt die Absicht. Aber jetzt weiß ich, daß auf ihrem sauberen Anwesen nicht alles so sauber läuft. Ich werde Ihnen sämtliche Rhododendren, die Sie in Ihrer Kasba da haben, bis zum Strunk in den Rachen schieben. Rufen Sie ruhig die Polizei, tun Sie sich bloß keinen Zwang an, Sie haben Ihre Freunde, ich hab die meinen. Wir werden ja sehen, welche nützlicher sind ...»

Gabriel drehte sich auf dem Absatz um und ging auf dem Parkweg davon. Er war stolz auf seine letzte Tirade, obwohl er eigentlich nicht viele Clowns bei der Hand hatte, auf die er zählen konnte. Und die Polizei – je weniger er die sah, desto besser ging es ihm. Sein kleines Unternehmen individueller Rückgewinnung von Kapital war schnell in den Sand gesetzt. Also zwang er sich, nicht zu rennen, nicht über die grasbewachsenen Hänge davonzustürmen nach Pourville, zu seinem Hotel, seiner Karre. Was ihn erstaunte, war die relative Meisterhaftigkeit von Madame de Longuevilles Spiel, als sie erfuhr, daß der vermeintlich von der Tochter geschriebene

Brief eben nicht von ihr war. Trotz der ganzen Scheiße, die sich in ihrem Kopf anhäufte, hatte sie den ein oder anderen Ton von Wahrhaftigkeit hören lassen. Ein kleiner Sprung im Carrara-Marmor.

Er durchschritt das offenstehende Portal, ohne sich umzudrehen. Direkt dahinter preschte er los, immer geradeaus, bog nach links, dann nach rechts und wieder nach links. Nach einer Weile wurde er langsamer und schritt rasch und gleichmäßig aus, geradewegs Richtung Meer. Ein kleiner Friedhof. Mit einer Menge Schlitten davor. Er ging hinein, folgte der Menge, der Ort war beinahe zu bezaubernd, um wahr zu sein. All diese Leute, sie kamen, um das Grab von Georges Braque zu besichtigen. Verdammter Puff. Am Ende der Welt, nach einem wilden Wettlauf, stieß er abermals auf das Grab eines berühmten Malers. Irgendwann einmal war er, von rottweilerähnlichen, roten Hunden verfolgt, in Auvers eine Mauer hochgeklettert und auf Japaner gestoßen, die gesammelt am Grabe Van Goghs gestanden und ihn angestarrt hatten, als sei er womöglich eine Reinkarnation von Paul Gauguin.

Er durchquerte wie der Wirbelwind den hübschen Totenacker, ignorierte Saint-Valéry, die typische Kapelle, dies war nun wirklich nicht der passende Augenblick, sich zum Antichrist zu wandeln, sprang über die rückwärtige Mauer und fand sich jäh am Rand der Steilklippe wieder. Fünfzig Meter tiefer der Kieselstrand. Gabriel war sich nur einer einzigen Sache sicher. Pourville lag drei, vier Kilometer nördlich, fünf über den Zöllnerpfad. Schlauerweise würde er über den zurückkehren, da auf den Straßen sicherlich die Kumpel von Esposito, sofern er welche hatte, auf ihn warten würden. Und Esposito selbst, der humpelnd, die Hände auf den Weichteilen, nach demjenigen suchen würde, der ihm so übel mitgespielt hatte. Er würde lauthals **vendetta** schreien, **vendetta** und sicher auch **porca miseria**.

Er setzte sich zwischen dem blühenden Stechginster und den hohen Gräsern in Bewegung. Der Weg entlang der Felswand war stark gewunden, da das Gestein alle zweihundert Meter wegbrach. Harte Schichten und weiche Schichten. Kreide, Flint und Erde. Die Reste der Felswand konnte man selbst von oben deutlich sehen, zweifellos gab es ständigen Steinschlag. Die weißlichen Brocken fielen auf den Strand, das Meer nahm sie, brach sie, polierte sie und spie sie als Kiesel wieder aus. Gabriel war zufrieden. In gewisser Weise hatte er seine Mission erfüllt. Er hatte in einem traurigen und bestens geführten Haus Verwirrung gestiftet. Fühlte sich gut. Schämte sich seiner nicht allzuviel. War nicht mit dem Hintern auf seinem Stuhl hocken geblieben, sondern hatte den Finger auf irgend etwas ziemlich Monströses gerichtet. Was, na ja, das ... Damit müßten sich die andern rumschlagen. Er würde nach Hause fahren. Morgen früh würde er Cheryl wild anhummeln und ihr sagen, daß er niemals wieder fortginge. Sie würde ihm zwar nicht glauben, aber so tun als ob und Elsa Martinelli in John Waynes Armen spielen.

Er marschierte ungefähr zwei oder drei Kilometer, überwand einige Gatter, begegnete ein paar waghalsigen, akrobatischen Kühen, stieg über einen Zaun aus Stacheldraht, stapfte einen kurzen steilen Pfad hinauf und stand unversehens zwei Typen gegenüber. Der eine von ihnen, ein Rothaariger in grünem Lederblouson, hatte ein Jagdgewehr. Der andere war eine Art Torero in Bierlaune. Exit für alle, dachte Gabriel im Bruchteil einer Sekunde. Es war zu blöd. Nichtsdestotrotz dachte er, daß das Gewehr sicher nur Eindruck machen sollte. Obschon ... Er war sicher gleich reif für eine nette kleine Abreibung. Allerdings hatten die Typen nicht die Visage von gewöhnlichen Rächern, die mal eben vorbeikamen, um ihre ach so lädierte Ehre mit einem Klecks Farbe aufzufrischen. Sie sahen eher aus, als würden sie die Woche verbummeln, um dann, dumm genug, an Sonn- und Feiertagen Leute umzubringen. Jetzt erkannte er, daß er an einem höllischen Ding dran war, dessen Auswirkungen er nicht ermessen hatte. Das war echt typisch für ihn, tja. Intuition ...

«Einer nach dem anderen oder beide gleichzeitig?» witzelte er, um die Atmosphäre zu entspannen.

«Armes Arschloch.»

Der Torero hielt sich in respektvollem Abstand. Ohne Zweifel, um sich keinem unvorhergesehenen Hornstoß auszusetzen. Er bückte sich, um einen dicken Stein aufzuheben. Gabriel mochte das nicht, es roch schwer nach Lynchen. Der andere machte Miene, ihm den Brocken an den Schädel zu werfen. Aus reinem Reflex zog Gabriel den Kopf zwischen die Schultern, wobei er sich etwas um die eigene Achse drehte und sich mit seinen Unterarmen schützte. Das machte sich der zweite Killer zunutze und verpaßte ihm mit dem Lauf seines Gewehrs von der Seite eins voll in die Nieren. Aus dem Gleichgewicht gebracht, sah Gabriel die Leere unter sich, dachte an die dicken Flintsteine vierzig Meter tiefer, sagte sich, daß er sich hatte drankriegen lassen wie ein grünes Jüngelchen, alle Geräusche erstarben bis auf das Rauschen des Winds, und er fiel. Während des kurzen Sturzes versuchte er, sich zu schützen und den Kopf oben zu behalten. Doch er traf heftig gegen ein Stück Felswand, wurde aus dem Gleichgewicht gebracht, machte einige Loopings, spürte starke Stöße beinahe überall an seinem sehr schlaff gewordenen Körper und verlor schließlich in derselben Sekunde das Bewußtsein, als er sich in einen Haufen zähen Lehms und trockener Äste bohrte. Genau zwischen zwei dicken Kreideblöcken.

PULP und die Petze 16

Es war die Kälte, die ihm wieder aufhalf. Alles um ihn war derart schwarz, daß er glaubte, blind zu sein. Bis er sich bewußt wurde, daß das Schlamm war, was ihn fast vollständig bedeckte. Er war in eine Zunge abgerutschter Erde gefallen, er war nicht tot, jetzt würde die Kacke aber dampfen, aber so was von dampfen. Er konnte sich absolut nicht rühren, spürte den Schmerz nicht wirklich, mußte wohl vom Schock betäubt sein, oder aber seine Arme waren irgendwie eingeklemmt. Erleichtert gelang es ihm endlich, die Zehen zu bewegen. Er war also nicht querschnittsgelähmt, das war schon mal was, er könnte immer noch lernen, mit den Zehen Messer zu werfen.

Mit äußerster Behutsamkeit bewegte er den Kopf, entfernte nach und nach den Schlamm, der ihn bedeckte, indem er sich ganz vorsichtig an irgend etwas Härterem in der Nähe seines Gesichts rieb. Das Licht kehrte schlagartig wieder. Ein schönes helles und reines Mittagslicht. Zum Weinen. Er sah die graue Wand der Klippe über sich. Er war gefallen, er, Gabriel, der Pulp, von dort oben, und war noch immer am Leben. Gérard würde ihm das niemals glauben, er, der noch nie aus größerer Höhe als von seinem Barhocker gefallen war, als er den amerikanischen Ventilator saubermachte. Und dann versuchte er, sich zu bewegen, sich umzudrehen. Es war, als ob ihm jemand von unten einen Dolchstoß mitten in die Brust versetzte. Die Rippen. Entweder gebrochen oder eingedrückt. Da lag er nun. Allerdings war es wirklich ein absolutes Wunder, daß er noch lebte. Dank dieser dicken Tasche eiskalten Matschs zwischen zwei gewaltigen Felsbrocken, beständig befeuchtet über eine kleine Rinne, durch die von oben, von den Feldern Wasser herunterlief. Von dort, wo er gestürzt war, wo man ihn runtergeschmissen hatte. Die Gesichter der beiden Typen, die würde er nie vergessen. Mit einer Wumme würde er sie zerteilen, wenn es ihm denn jemals gelänge, aus diesem Gipsbett wieder rauszukommen. Was ihn wütend machte war, daß er nicht wußte, ob man ihn wegen dieses dämlichen Gesprächs mit der Longueville zu beseitigen versucht hatte, oder weil er diesen sogenannten Esposito vermöbelt hatte. Vorsichtsmaßnahme oder Rache. Er würde es irgendwann wissen. Falls er hier rauskäme. Und um sich aus diesem weichen Grab zu befreien, mußte er sich zusammenreißen. Mußte er versuchen, sich zu bewegen, wenigstens ein oder zwei Meter weit. Den Felsbrocken überwinden und die erste Person rufen, die am Strand herumspazierte. Irgend jemand eben, der nach kleinen Muscheln suchte und einen halbtoten Tintenfisch finden würde, nämlich ihn.

Er rezitierte sich ein Haiku, irgendeins, das ihm gerade in den Sinn kam.

Gegen einen Dolch
Würde er gern eintauschen
Den Reisesäbel

Wie wahr, wie wahr. Er biß die Zähne zusammen und zergliederte sich, nach allen Regeln der Schizophrenie. Ein Glied nach dem anderen, den Fuß, ein Knie, eine Hand. Eine Spinne. Jedesmal, wenn die Rücken- oder auch die Bauchmuskeln sich bewegten, brüllte Gabriel vor Schmerz, Jedesmal grub er den Kopf in den Schlamm und machte Blasen. Er brauchte zwei Stunden, um sich umzudrehen und auf den Händen und dem Rücken zwei Meter vorwärts zu robben, hinter den dicksten Felsen. Er war erschöpft, schweißgebadet, er sah alles weiß, doch er war zufrieden. Vor ihm lag nun der Strand, gewaltig. Weit entfernt, ungefähr zwei Kilometer, erkannte er die Wellenbrecher von Pourville, und noch weiter weg, in einem bläulichen Dunst, die Stadt Dieppe.

Es mußte wohl so um die drei Uhr nachmittags sein, und der Schweiß wurde eiskalt auf seinem Körper. Ein richtiges norwegisches Omelette, der Pulp. Er durfte nicht zu lange hier liegenbleiben. Über sich sah er die Abbruchkante der Klippe, die ihm ebenso weit entfernt erschien wie der Himmel. Von dort oben war er heruntergefallen, war vermutlich mehrmals auf den Steilhang aufgeprallt, der eigentlich gar nicht so senkrecht war. Plötzlich fürchtete er, die Killer könnten nachsehen kommen, wie er diesen Sturz aufgenommen hatte. Andererseits hatten sie reichlich Zeit gehabt, hier aufzukreuzen. Entweder dachten sie, er sei tot, oder sie meinten, daß dies als Bestrafung vollauf genügte.

Gabriel entdeckte einige Spaziergänger, doch viel zu weit weg. Er begann ihre Routen zu studieren, ob sie in Reichweite seiner Stimme kämen. Doch jene, die am ehesten geeignet waren, die dicht an ihm vorbeiwandern würden, machten unvermutet kehrt, wahrscheinlich, weil die Flut kam und man schon bald nicht mehr auf nassem Sand gehen konnte. Gabriel verhöhnte sie halblaut, das mußten doch Zombies sein, daß sie nicht mal mehr über Kiesel stapfen wollten.

Eine gute Stunde verstrich auf diese Weise, mit großen Entfernungen zwischen ihm, der halblaut rief, weil schreien weh tat, und den Spaziergängern, die so unvorhersehbar kamen und gingen, sich den Klippen näherten und wieder von ihm entfernten, um zurück ans Wasser zu gelangen. Wolken türmten sich auf, weit höher als der Horizont. Und Gabriel sah sich die ganze Nacht hier liegen, vom Regen durchnaßt, zwar nicht vor Durst, er bräuchte ja nur den Mund aufmachen, aber doch an Kälte und Zorn krepierend. Er dachte gerade an Arsène Lupin in **Die hohle Nadel**, ein Roman, der hier in der Gegend spielen mußte, da erblickte er in der Ferne die tänzelnde Silhouette eines Joggers. Gabriel verabscheute diese Art nette Kerle, doch in diesem Fall, sagte er sich, würde der Typ kaum fünf Meter an ihm vorbeilaufen, sofern er sein Training fortsetzte, ohne die Bahn zu ändern. Er lobte die Disziplin dieses Primaten, der sich zwang, über Kiesel zu wetzen statt über den ebenen, elastischen Asphalt der Straßen oder gar über die lockere Erde der Feldwege. Mach schon, mach schon, sagte er zu ihm mit halblauter Stimme, lauf, Alfons, los, du kriegst die Medaille, halt den Rhythmus, mach schon, mach schon. Gabriel brüllte, als der Typ ganz plötzlich einen Schwenk zum Meer machte. Er hob sein Bein, die einzige Flagge, die er hissen konnte, schloß die Augen und begann so laut wie möglich zu schreien, immer wieder dieselben Wörter, hierher, hierher, Hilfe, Hilfe.

Als er die Augen aufschlug, stand der Typ über ihm, weiß, schweißbedeckt, und starrte ihn an, als wäre er das gewaltigste Fossil, das er je gesehen hätte.

«Aber, Sie ... was haben Sie ... Sind sie ...»

«Ich bin von der Klippe gefallen. Ich kann mich nicht bewegen. Es dürfte nicht allzu schlimm sein, aber ich kann meinen Rücken nicht ...»

«Ich ruf sofort die Polizei, die haben 'nen Hubschrauber.»

«Hören Sie zu ... Sie werden jetzt schön ihr Training fortsetzen und ruck, zuck zum Hôtel Normandy wetzen. In Pourville. Dort gibt es einen Gast, oder vielleicht ist's der Besitzer selbst, der einen Geländewagen hat. Der soll schnell herkommen. Das wird schneller gehen als mit den Gendarmen. Alles, was ich jetzt brauche, ist ein heißes Bad. Danach kann ich immer noch ins Krankenhaus.»

«Sie sisisind vovon der Klikliklippe gefallen?» sagte der Typ und starrte völlig tumb nach oben.

«Ich habe versucht, eine Azalee zu pflücken. Wissen Sie, eine Azalee, eine Ericacea, die keine immergrünen Blätter hat und deren Blüte lediglich fünf ...»

«Ich geh schon, ich geh schon. Rühren Sie sich nicht!»

«Ich rühre mich nicht, das verspreche ich Ihnen!»

Er sah den Typ mit weiten Schritten, seinem fluoreszierenden Body, seinen Gelände-Nikes und seinen gut geölten Muskeln davonlaufen. Er glaubte nicht an Gott, aber falls alle Engel solche Klamotten trugen, dann würde er sich Mühe geben. Versprochen.

Und ermutigt sann Gabriel über seine Rache nach.

PULP und die Petze 17

Eineinhalb Stunden später lag Gabriel auf dem Rücksitz des Toyota. Letzten Endes besaß nicht der Patron des Normandy diesen dicken Schlitten, sondern sein Schwager, leitender kaufmännischer Angestellter bei IBM in Rouen. Und Gabriel hatte auch schon einen ganzen Packen über Bürotechnik und Datenverarbeitung erfahren. Denn kaum hatte der Fahrer das Interesse an seinem Fall verloren, hatte er ihm ein ebenso komplettes wie dramatisches Bild der Situation jenes riesigen Unternehmens geliefert, für das er in diesen kritischen Zeiten arbeitete, denn der Aufschwung, der sei ja eigentlich nicht wirklich in Sicht.

Gabriel hatte, in seinen Schlamm gebettet, den 4 × 4 schon von weitem ankommen sehen, wie er über die dicken Kiesel hoppelte und an den lockeren Stellen wegschmierte. Trotz des Gegenwinds hörte man ihn aufröhren. Der Patron des Hotels war mitgekommen. Es kam nicht in Frage, daß ihm die Fresse eines Gastes entging, der von der Klippe gestürzt war, ja, von der Klippe. Und mit Hilfe seines IBM-Schwagers, einer Tragbahre und seiner außerordentlichen Nervosität war es ihm, **manu militari**, schließlich gelungen, den Verletzten auf die Rückbank des Vehikels zu zerren. Gabriel hatte mehr als jemals in seinem ganzen Leben die Zähne zusammengebissen. Wenn er sich nicht allzusehr beklagte, so hoffte er, könnte er vielleicht vermeiden, daß die anderen die Polizei rufen und ihn direkt ins Krankenhaus verfrachten würden.

Vergebens. Dem Gesetz würde er wahrscheinlich zwar entrinnen, nicht aber der Medizin. Der Schwager würde auf seinem Weg nach Rouen einen Umweg machen und ihn in die

Notaufnahme bringen. Röntgen war unbedingt erforderlich. Man konnte ja nie wissen. Eine geplatzte Milz, und nach sechs Stunden war der gute Mann weg.

Gabriel mußte auf der Hut sein. Der Name im Personalausweis, den er bei sich trug, le Prieur, war nicht derselbe, mit dem er sich im Hotel angemeldet hatte. Aber, nun gut, die Retter, die sich sicherlich als Augenzeugen des Wunders von Pourville betrachteten, würden auf derartige Details nicht achten. Auf seinem Zimmer half man ihm, sich wieder ein bißchen präsentabel zu machen. Dieser ganze Schlamm auf seinen Klamotten und seinem Gesicht. Und dann schaffte man ihn fix ins **Centre Hospitalier Général** von Dieppe. Während der Fahrt bewies ihm der IBM-Cowboy, daß es für einen Forscher wie Gabriel gewiß sicherer wäre, die begehrten Blumen auf einer Datenbank zu speichern, statt zu versuchen, sie von einer bröckligen, gefährlichen Felswand zu pflücken. Gabriel hörte ihm nicht zu oder zumindest fast nicht. Er fühlte sich etwas besser, atmete leichter und trug sich keineswegs mit der Absicht, bei den Quacksalbern alt zu werden. Krankenhäuser, die waren ein bißchen wie Kommissariate. Wenn man sie betrat, wußte man nie, in welchem Zustand man wieder herauskommen würde. Und außerdem mußte man sich dort ausweisen, das Versicherungswesen zeigte die Zähne, die Dateien machten sich wichtig ...

In der Notaufnahme herrschte kein großes Gedränge. Die Verkehrsunfälle hatten sich etwas beruhigt. Der «schlaue Bison», das eher dämliche Wappenvieh der Verkehrswacht, döste. Folglich nahm man sich seiner augenblicklich an, die rollenden Krankenbahren tanzten Walzer und die diensthabenden Schergen der Röntgenabteilung schienen hellauf erfreut, eine Beschäftigung zu haben. Drei Rippen ausgerenkt, Verschiebung des Hüftknochens. Diverse Hämatome am Hintern und an den Schultern. Gabriel erklärte, seine Papiere nicht dabeizuhaben, gab aber Cheryls Nummer an.

Sie wußte, was bei solchen Gelegenheiten zu tun war. Wieder zurück in seinem Zimmer, rief er sie sofort an, um sie zu beruhigen.

«Na, hör mal, Gaby, du rufst mich aus Dieppe an, schon die erste Neuigkeit. Dann aus dem Krankenhaus, was ein völlig normaler Ort zum Telefonieren ist. Und dann verlangst du von mir, mir keine Sorgen zu machen?»

«Ich hab Austern gegessen. Eine davon muß vergammelt gewesen sein. Man wird mir gleich den Magen auspumpen.»

«Verscheißerst du mich jetzt, oder was? Die würden besser dran tun, dir das Gehirn auszupumpen, wirklich.»

«Hör zu, Cheryl ...»

«Und nenn mich nicht Cherie, ich hasse das!»

«Ich habe nicht Cherie gesagt, ich habe Cheryl gesagt, verdammte Scheiße!»

«Du kannst mich ja Bob nennen, das werde ich nicht verwechseln.»

«Bob? Warum Bob? Heißt du jetzt etwa Robert?»

«Bob, wie **bobonne**. Oder Muttchen, du Blödmann.»

Und hängte auf.

Gabriel zwang sich, nicht schallend zu lachen. Cheryls Besorgnis und Liebe verwandelten sich leicht in Aggressivität. Und das war schon rührend.

Er rief sie nochmals an, und nach den üblichen Tändeleien tastete sich Gabriel geschickt bis zu dem Punkt vor, wo sie einwilligte, einen *Verehrer*, der sich Journalist schalt, um einen Gefallen zu bitten. Er sollte ein paar Erkundigungen über eine Familie einholen, die de Baily de Longueville. Über die Art ihrer Verpflichtungen, ihre politischen Betätigungen, ihre sozialen Kontakte, solche Dinge eben ...

«Da werde ich ihm aber die große Achterbahn versprechen müssen, damit der sich an die Arbeit macht ...»

«Wird dir leicht schwindlig?»

«Mit dir, ja.»

«Dann schnall dich fest, ich komme bald zurück.»

«Worte.»

Er legte lächelnd, etwas bewegt, wieder auf. Manchmal fragte er sich, ob er sich mit einem solchen Vulkan nicht häuslich einrichten sollte. Doch Cheryl wollte nicht. Sie wollte ihre Freiheit behalten, wollte von ihrem Frausein profitieren. Sie hatte andere Liebhaber, mit denen es zwar weniger lustig war, wie sie eingestand, auf die sie aber Wert legte. Die Einmaligkeit erschien ihr wie ein Makel. Nicht weil man ein einziges Land bereist, kennt man schon die Welt, sagte sie. Die Ehe, das wäre wie in Rente gehen, also frühestens mit 60. Manchmal fragte sich Gabriel, ob diese Frau ihn nicht vor allem andern mütterlich behandelte.

Und dann kam man ihn holen, brachte ihn zur Heilgymnastik, walkte ihn zu Tode, verpaßte ihm sogar irgendwelche Elektrodinger, und eine Art Barbar renkte ihm die Rippen wieder zurecht. Er brüllte und beschimpfte den Assistenzarzt als Serben. Dann nahm der Typ seine Hüfte in Angriff, und Gabriel wußte, daß er in Wahrheit ein Ustasche war. Man gab ihm zwei oder drei Spritzen, Beruhigungsmittel. Als er wieder in seinem Bett lag, verlangte er von der Krankenschwester ein Bier. Er hatte aber keine Zeit mehr, darauf zu beharren, denn er schlief augenblicklich gerädert, zerschmettert, todmüde ein.

PULP und die Petze 18

Als er wieder auftauchte, saß Cécile an seinem Krankenlager. Sie sah ihn an, als studierte sie von nahem einen gestrandeten Wal.

«Sie schnarchen.»

«Das kommt von der ganzen Scheiße, mit der ich zugedröhnt bin.»

«Sind Sie tatsächlich von einer Klippe gefallen? Das ist unglaublich!»

«Was ist daran so unglaublich? In diesem verdammten Scheißkaff gibt es doch überall Klippen ...»

«Klar, aber hier fällt nie jemand von den Klippen!»

Sie stand kurz vor einem Lachanfall.

«Tja, ich falle eben von Klippen.»

Cécile musterte ihn weiter von oben bis unten. Ihre Blicke eilten über den halbnackten Körper dieses so sonderbaren wie hünenhaften Mannes. Die Schultern, die aus den Laken hervorragten. Sein gelocktes Haar. Er hätte als Double von Elliott Gould gehen können, zwanzig Jahre früher.

«Warum wollen Sie mir nichts sagen? Trauen Sie mir nicht?»

«Nein. Sie sind ein junges Mädchen.»

«Ist das denn etwas Gefährliches, ein junges Mädchen?»

«Was meinen Sie?»

Cécile zickte ein bißchen, fing dann aber an, Gabriel aufmerksam anzuschauen, Stil erster Morgen der Welt. Na jetzt aber, dachte er.

«Wenn Sie mir 'ne Freude machen wollen, kommen Sie morgen um die gleiche Zeit wieder. Können Sie Auto fahren?»

«Nein, aber mein Freund hat den Führerschein.»

«Ich habe ihn gestern etwas grob behandelt.»

«Das juckt ihn nicht. Das ist er gewöhnt.»

Gut. Mit einer Hand öffnete er die Schublade seines Nachttischs, wühlte in seinem vergammelten Kleinkram und übergab ihr den Schlüssel des Twingo.

«Er steht direkt hinter dem Normandy. Kommen Sie morgen so gegen elf wieder her. Das ist hier die tote Zeit, kurz vor der Fütterung. Dann nehmen Sie mich mit.»

«Und was gewinnen wir dabei?»

«Sie, das weiß ich nicht. Ihrem Kumpel könnte ich die Memoiren von Sid Vicious beschaffen.»

«Die hat er schon.»

«Gut. Dann kriegt er die von Alain Minc.»

Cécile fing lauthals zu lachen an. Mit diesem Lachen, das einen überkommt, wenn man am frühen Morgen nackt bis zur Nasenspitze unter einer Bettdecke liegt und der Partner mit den Frühstückscroissants Blödsinn anstellt.

PULP und die Petze 19

Zu Beginn des Nachmittags rief Cheryl an. Um ihn zuallererst zu fragen, ob er noch ein Mann sei. Gabriel antwortete, er denke ja, doch daß das zum größten Teil von der Frau abhinge. Daraufhin teilte ihm Cheryl die Ergebnisse der Blitzrecherche mit, die ein «Bewunderer» ihr geliefert hatte, Mitarbeiter eines Ministeriums, das, schon wenn er den Namen hörte, Gabriel krank machen würde. Also: Louis de Baily de Longueville, Beruf Rechtsanwalt, von Brüssel mit landwirtschaftlichen Problemen betraut. Hat sich allerdings dadurch ausgezeichnet, daß er bereits zweimal militante Abtreibungsgegner verteidigt hat, einmal in Poitiers, einmal in Nantes. Seine Gattin Yvonne, eine geborene de Miromesnil, zweifellos via die Syphiliskompressen eine Nachfahrin von Maupassant, taucht in den Unterlagen nicht auf. Ist aber außerordentlich einflußreich in gewissen karitativen Organisationen lupenreiner und knallharter Katholiken. *Die Salbung des Sohnes* und die *Gabe Gottes* zum Beispiel sind spezialisiert auf die Hilfe und Unterstützung für in Not geratene Mütter, gefallene Mädchen sowie Waisen. Jeden Sonntag kann man einen Leitartikel der Dame in einem frommen Blättchen namens *Der Glaube des Lebens* lesen, das in allen Kirchen der Normandie ausliegt.

«Wirst du jetzt zum Pfaffen?» fragte Cheryl zum Abschluß, ziemlich besorgt.

«Nein. Ich erforsche erschöpfend die Missionarsstellung.»

«Mach dich nur lustig. Besser einen guten Missionar als 'ne schlechte Hongkonger Schubkarre.»

«Darüber ließe sich streiten. Sobald ich zurück bin, probieren wir beides aus. Dann kannst du darüber urteilen.»

«Werd erst mal gesund.»

So, die Komiker von Varengeville waren also dem katholischen Fundamentalismus verfallen. Ein absoluter Feind, versicherte sich Gabriel. Seine Intuition hatte ihn folglich nicht getrogen.

Das war schon mal was. Er hätte nicht gerne Leute seiner Couleur bekämpfen müssen. So aber konnte er direkt draufhalten. Vor die Löwen mit den Christen und Hoch lebe Nero!

Der Rest des Tages verging mit intensiven Behandlungen. Seine Hüfte bereitete ihm fast keine Schmerzen mehr, zurück blieb nur noch ein taubes Gefühl. Er würde einige Wochen lang hinken, man riet ihm davon ab, Zementsäcke zu transportieren, doch sonst wäre alles in Ordnung. Es gab keine ernste Läsion. **Gefährliche Liaison**, hatte der Arzt gewitzelt.

«Sie sind wirklich ein wundersam Davongekommener, bei einem solchen Segelflug. Aber man hat so was schon gesehen. Im Krieg gab es da einen Piloten, einen Rußki oder einen Kanadier, ich weiß nicht genau, der aus dreitausend Meter Höhe auf verschneite Tannen gefallen ist und mit zwei ganz einfachen Brüchen und geplatzten Trommelfellen davonkam.»

«Die Gefahr besteht bei mir nicht, ich habe keinen Pilotenschein», erwiderte Gabriel.

Eine Krankenschwester fragte ihn sogar, ob nicht ein Journalist der **Informations Dieppoises** einen Artikel über ihn schreiben solle, zur Belehrung und Erbauung der Massen. Gabriel bat sie dringend, von derlei Schritten Abstand zu nehmen. Sonst würde sie seine sado-masochistischen Neigungen kennenlernen, Richtung Kannibalismus, daneben würde der holländerfressende Japaner ihr wie der reinste Veganer vorkommen. Die junge Frau warf ihm darauf einen so zärtlichen Blick zu, daß er sich fragte, ob sie seine Drohung nicht für eine Art wünschenswerte Sonderbehandlung hielt.

Und dann aß er, machte ein paar Schritte auf dem Gang, sah ein bißchen fern, verstand nichts dabei und schlief ein. In dieser Nacht lag er eine ganze Weile wach, überdachte die ganze Geschichte, versuchte in der Stille des Krankenhauses und dem den Gang überwindenden Geschnarche die einzelnen Teile seines Rätsels in die richtige Reihenfolge zu bringen. Doch er hatte nur Kalbslungenmus in seinem Kopf und gelangte zu nichts Bemerkenswertem. Zu viele Elemente fehlten. Und es gab keinen Grund anzunehmen, daß er diese Teile auf einem Tablett serviert bekäme. Er war sich nur einer Sache sicher, er würde in Dieppe das Unterste zuoberst kehren, um seine beiden Angreifer wiederzufinden und ihre Köpfe in Gasuhren mit Schaufelradzählwerk zu verwandeln.

PULP und die Petze 20

Anderntags wartete er fiebrig auf Cécile. Er hatte die Schnauze gestrichen voll vom öffentlichen Gesundheitswesen und dachte nur noch an eines, nämlich an ein Bier, egal welches. Es grenzte an Obsession. Er war sogar bereit, sich ein Budweiser reinzupfeifen oder auch jede andere saft- und kraftlose Amipisse.

Auf dem Flur, ganz am Ende, spielte ein Klempner mit dem Lötbrenner, auf dem Boden sitzend und umgeben von schön ordentlich aufgereihten Instrumenten, so als zwänge der Ort ihn, sich wie ein Chirurg aufzuführen. Gabriel unterhielt sich einige Augenblicke mit ihm, über Krankheit, Gesundheit, die Welt, das alles. Der Typ war gerade dabei, ein ganzes Sauerstoffzuleitungsnetz neu zu verlegen. Das mußte hart- und nicht etwa nur weichgelötet werden. Eine Scheißarbeit, Mann.

Endlich traf Cécile ein.

Gabriel ließ sie an der Tür seines Zimmers Schmiere stehen, während er mit einiger Mühe seine Kleider anzog. Er hatte keine allzu große Lust, irgendeinen Versicherungswisch zu unterschreiben, sich mit überflüssigen Erklärungen aufzuhalten oder sich den Durchgang zu erzwingen. Zwei Krankenschwestern kamen vorbei, doch Cécile spielte das Mädel, das geduldig im Flur auf und ab ging, bis ihr Opi aufwachte.

Und dann verließen sie die Abteilung, wandten sich diesem Anderswo zu, das weder nach Äther noch nach Desinfektion roch. In dem großen Flur, der zur Eingangshalle führte, begegneten sie einem Trupp Leute mit ernsten Mienen, kurzen Haaren, Blousons, wie höhere Angestellte sie tragen, und Jogginghosen. Sie liefen in Marschordnung in die andere Richtung, wie eine Kommandoeinheit, mit großen Plastiktüten in der Hand. Gabriel hörte plötzlich Schreie in den Gängen und laute Empörung vom Haupteingang her. Er packte Cécile am Arm und drückte sie gegen die Wand. Er hatte soeben, mitten in dieser wild entschlossenen Horde, die zu schweigsam war, um rechtschaffen zu sein, den jungen Mann, den Goebbelsverschnitt entdeckt, der sich vor der Longuevilleschen Hütte auf der Treppe hinter Madame zum Eingreifen bereit gehalten hatte.

Das Glück lächelte ihm. Gabriel machte kehrt und versuchte trotz seiner Hüfte, ihnen zu folgen. Er ließ sich zwar abschütteln, ging aber der Aufregung nach, die das Eindringen der geistesgestörten Berserker verursachte. Schnell kam er zur gynäkologischen Station des Krankenhauses. Überall Schreie, Beschimpfungen, Schläge. Eine Krankenschwester saß mit blutender Nase am Boden und weinte, ein umgekipptes Tablett mitsamt der Kompressen zu ihren Füßen. Gabriel und Cécile waren verdutzte Zuschauer eines recht modernen

Sports, dem Angriff eines Anti-Abtreibungs-Kommandos auf eine Abteilung, in der Schwangerschaftsabbrüche gemacht werden. Diese Dinosaurier in ihrem rasenden, reiner Menschenliebe entspringenden Verfolgungswahn mußte er von nahem betrachten ... Allerdings interessierte Gabriel sich dabei einen Dreck für angewandte Paläontologie. Er kniff sich, um es zu glauben. Das Glück war mit ihm, es war wirklich nicht zu fassen. Wenn er dem jungen Fascho auf die Pelle rückte, könnte er ohne Zweifel zu den Handlangern von der Klippe vordringen und sich am Wild schadlos halten.

«Lauf zu meinem Zimmer zurück. Und bring mir den Lötbrenner von dem Klempner, der am Ende des Gangs bosselt», schrie er Cécile zu.

Sie starrte ihn mit den großen Augen, wie schwachsinnig, an.

«Mach schon!»

Es mußte schnell gehen. Die Flics würden in weniger als zehn Minuten hier sein. Es war ein komplettes Tohuwabohu, Ärzte und Krankenschwestern in weißen Kitteln preschten herbei, um der Station tatkräftigen Beistand zu leisten. Doch der gut eingespielte, wie für den Angriff auf einen Bunker trainierte Kommandotrupp hatte bereits die erste Phase seiner Arbeit vollbracht. Als Gabriel den Behandlungsraum betrat, sah er rund ein Dutzend Personen am Boden liegen, die mit dicken Motorradketten aneinander, an Tische und Heizungsrohre gefesselt waren. Er kannte niemanden, nur den jungen Typ, den er bei den de Longuevilles gesehen hatte. Der Kreis hatte sich geschlossen. Es waren alles dieselben Leute. Und dann hatten die Aneinandergeketteten mit Fistelstimmen einen lateinischen Lobgesang angestimmt. Ein Typ mit kleiner runder Brille hatte ein Meßbuch hervorgeholt. Ein Pfaffe in Zivil.

Für Gabriel war das Ganze ein Alptraum. Er konnte sich nicht erwehren, in all diesen aneinandergeketteten Körpern eine makabre Rekonstruktion von Bérénice und Frédéric zu sehen, die an die Schienen gefesselt dalagen. Hier aber würde kein Zug mit Volldampf ankommen. Lediglich Gendarmen und Feuerwehrleute, die alles tun würden, um denen, wenn sie sie befreiten, nicht allzusehr weh zu tun. Diese Furzsäcke riskierten nicht sonderlich viel, bestens verteidigt vom Heldentenor auf der Anwaltsbank von Varengeville, höchstens ein kleines Strafverfahren, eine Geldbuße, Schadensersatz, die ohne Zweifel beglichen wurden von den steinreichen Vereinigungen, die Yvonne de Baily de Longueville leitete. Gabriel hatte das Gefühl, bekloppt zu werden, und ließ diesen jungen Idioten nicht aus den Augen, der, ganz in Schwarz, mit geschlossenen Augen am anderen Ende des Raums lag und sang. Die Ärzte brüllten herum, verlangten nach Hilfe von seiten der Staatsgewalt. Gabriel nutzte den Aufruhr, um sich einen Kittel überzustreifen, der direkt am Eingang des Operationssaals an einem Haken hing.

Eine gewisse Stille trat plötzlich ein. Ein älteres hohes Tier war aufgetaucht, ein Professor und Krankenhausbonze, mit dem die Assistenzärzte und Krankenschwestern ehrerbietig sprachen und auf dessen Weisungen sie zu warten schienen. Mit geduldigen und gemessenen Gesten bat er seine Mannschaft um Ruhe und schritt ein, als ein Pfleger den ihm am nächsten liegenden Fundamentalisten mit Fußtritten bearbeiten wollte. Auf die Angreifer sah er nur mitleidig herab, als seien es Viren oder Mikroben. Er versuchte sogar zu diskutieren, er sei ja selbst Katholik, doch Nächstenliebe könnte doch keine frei bestimmbare Variable sein. Er versuchte so lange zu verhandeln, bis die Aneinandergeketteten ihn mit Beleidigungen überhäuften und einen neuen Choral anstimmten. Der Alte zuckte mit den Schultern und ging, von seinem Team gefolgt, davon, laut wetternd, daß es immer noch ein Gesetz gäbe, und daß er Klage einreichen würde wegen Behinderung seiner Arbeit und seiner Vorrechte. Die meisten

Weißkittel räumten das Feld. Ein paar Hilfspfleger blieben zurück, um die Angreifer zu beschimpfen. Auch der Pfleger von vorhin war geblieben, der offenbar wirklich stinksauer war. Ein Schwarzer. Der Typ mußte irgendeine persönliche Rechnung zu begleichen haben. In etwa wie ich, dachte Gabriel.

Endlich kam Cécile mit dem Brenner und der kleinen Butangas-Flasche zurück. Gabriel nahm alles an sich und wandte sich an den Schwarzen.

«Die tragen die Schlüssel bei sich, da bin ich sicher, und das werden wir jetzt gleich wissen.»

«Sie sind verrückt!»

«Ich will denen doch nur Angst einjagen. Scheiße noch mal, die werden uns das nicht alle vierzehn Tage antun ... Kommen Sie, wir werden ein bißchen Spaß haben. Das wird denen 'ne Lehre sein. Die werden es nicht bereuen, hergekommen zu sein. Das wird besser als 'ne Reise in den Süden.»

Der Krankenpfleger blickte sich Zustimmung heischend um. Niemand schien zu begreifen, was da vor sich ging.

«Wir machen uns nur einen kleinen Spaß», sagte Gabriel zu ihm. «Ist doch wahr, oder? Die hindern Sie am Arbeiten, diese geschorenen Fischköppe, kommen her und verhöhnen Sie. Halten hier alle für Mörder. Spricht doch wirklich nichts dagegen, sich ein bißchen mit ihnen zu amüsieren. Die Gendarmen werden sie mit Samthandschuhen anfassen. Die werden in fünf Minuten hier sein, und dann können wir zuschauen, wie die da hämisch grinsen, während die Blauen sich mit ihren Elektrosägen abrackern. Wenn wir die jetzt, sofort, ein bißchen kitzeln, werden die nicht mehr wiederkommen.»

«Das stimmt, verdammt», räumte der Krankenpfleger ein, der seine Hilfspfleger sofort auf den Gang scheuchte und sie aufforderte, die Tür für ein paar Augenblicke zu blockieren.

Gabriel zündete den Brenner, und als die gelbe Flamme fauchte, starrten die Mitglieder des Kommandos ihn an wie einen direkt aus dem Mittelalter entsprungenen spanischen Inquisitor. Verkehrte Welt. In ihrem eigenen Spiel gefangen. Er plazierte sich neben den jungen Mann und begann unmittelbar, das Metall der Motorradkette zu erhitzen. Der Typ schien es nicht glauben zu können. Er hatte Gabriel, mit dem Feuer der Hölle bewehrt, gerade wiedererkannt, und ein Anflug von Panik stand ihm in den hellen Augen.

«Der Schlüssel, wo ist der?» brüllte der Krankenpfleger.

Der Typ antwortete nicht. Er fixierte Gabriel mit scheelem Blick.

Das Metall rauchte, fast rotglühend, unter der Flamme, höchstens zwanzig Zentimeter vom Hals des Typs entfernt. Das mußte ihm ordentlich einheizen. Das würde schnell unerträglich werden.

«Wir hahaben nieniemals Schlüssel», stammelte der Kerl. «Wir klicken einfach die Schlösser ein. Hören Sie auf ...»

«Esposito ... wo wohnt der?» fragte Gabriel sanft.

Der Typ wand sich, Tränen in den Augen.

«Der ist in dem Chalet im Park einquartiert.»

Laut lachend drehte Gabriel den Brenner aus.

«Das war ein Scherz», rief er. «Die Polizei kommt. Ihr seid gerettet. Ihr werdet sehen, ihr Haufen Furzsäcke, eine Nacht im Bau, das ist richtig nett!»

«Mistkerle!» schimpfte der Krankenpfleger. «Primaten!»

Die Kohorte der Ärzte und Offiziellen kehrte zurück. Niemand geruhte, den Lötbrenner zu bemerken, den Gabriel unter ein Möbel geschoben hatte. Er nutzte das allgemeine Getümmel, um dem jungen angeketteten Kerl noch kräftig eins in die Fresse zu geben. Cécile schien sich köstlich zu amüsieren. Gabriel nahm sie an der Hand und stürmte zur Aufnahme. Er drang mit Macht in das Büro ein und stürzte sich auf eine der Sekretärinnen, der eine Freundin aus der

Gynäkologischen gerade den Angriff des Kommandos erzählte. In diesem Augenblick sah er einen Trupp blauer Käppis vorüberkommen, die zum Ort der Besetzung stürmten. Einer von ihnen hatte einen Wagenheber dabei. Neuerungen machen schnell die Runde, sagte er sich die Flics machen's wie die kleinen Gangster, haben technisch dazugelernt. Es geht doch nichts über einen Wagenheber, um ein dickes Motorradschloß zu knacken, man braucht es nur richtig anzustellen.

Gabriel hatte keinerlei Mühe, die Liste der Frauen zu bekommen, die an diesem Tag für einen Schwangerschaftsabbruch einbestellt waren. Sieben insgesamt – darunter auch Bérénice de Longueville.

PULP und die Petze 21

Gabriel spürte erneut seine Hüfte, ein hartnäckiges Gesäbel an der Seite, doch die rasende Wut, die in ihm brodelte, wirkte als Betäubungsmittel. Im Twingo, der ihn zurück nach Pourville brachte, wagte er nicht, die Position zu wechseln, weil er fürchtete, der Schmerz könnte zu stark werden und ihn daran hindern, das, was er wußte, zusammenzufassen. Bernard, der Punk und *Verlobte*, kutschierte, als hätte er einen alten Renault Juva-quatre in den Flossen. Er riskierte wirklich nicht, wegen überhöhter Geschwindigkeit geschnappt zu werden.

«Eines Tages», sagte er, «wenn Sie mal Zeit haben, erklären Sie's mir. Erst fallen Sie über mich her, dann bitten Sie mich, Ihnen zu helfen. Ich habe irgendwie den Eindruck, Sie machen mit mir, was Sie wollen ... Harte Welt ...»

Cécile hatte, auf der Rückbank sitzend, die Ellbogen auf den Vordersitz gelegt, und Gabriel spürte ihren duftenden Atem im Nacken.

«Ich verstehe das nicht. Okay, Béré wollte abtreiben lassen.

Okay, ihre Eltern waren nicht damit einverstanden, das kann man sich ja vorstellen. Aber sich deshalb gleich die Kugel geben?!» sagte Bernard.

«Die haben nicht Selbstmord begangen», brummte Gabriel.

«Wie können Sie nur so was behaupten! Und selbst wenn ihre Eltern hirnrissig genug wären, genau an dem Tag, an dem ihre Tochter die Abtreibung machen lassen wollte, ein Kommando loszuschicken, dann wußten die, also ihre Alten, doch genau, daß sie tot ist, Scheiße. Also hätte dieser Überfall doch überhaupt keinen Sinn mehr gehabt. Die hätten ihn abblasen können.»

«Ich weiß.»

«Und, erinnern Sie sich, Bérénice war minderjährig. Sie brauchte die Zustimmung ihrer Eltern, um abtreiben lassen zu können», wandte Cécile ein.

«Ich weiß.»

«Und sie muß diese Zustimmung bekommen haben, schließlich hatte sie einen Termin!»

«Ich weiß.»

«Ja, und?»

«Ich weiß nicht ...»

«Ich weiß ich weiß ich weiß ich weiß nicht ...»

«Ich mache dich darauf aufmerksam, du Göre, daß man trotz allem versucht hat, mich zu töten, indem man mich von der Klippe geschmissen hat.»

«Ich bin keine Göre.»

«Und daß wir nur sehr wenig Vorsprung haben, genau so lange, bis die Polente diese Verstörten befreit hat. Danach wird der Typ, dem ich ein bißchen die Ohren gewärmt habe, zuallererst telefonieren.»

«Ich bin keine Göre.»

«Du bist keine Göre, aber sobald wir ankommen, wirst du brav nach Hause gehen und an deinem Daumen lutschen.

Wenn ich mich nicht in drei Stunden telefonisch gemeldet habe, rufst du diese Nummer da an und erzählst der Dame alles.»

«Ist das deine Frau?»

«Nein. Meine Mutter.»

Bernard war noch immer sehr auf das Fahren konzentriert. Er konnte nicht alles gleichzeitig machen. Trotzdem reagierte er wie ein echter Kerl.

«Ich erlaube Ihnen nicht, meine Freundin zu duzen!»

PULP und die Petze 22

Im Hôtel Normandy trank Gabriel **zunächst** einmal zwei Bier. Schlag auf Schlag. Zwei Leffe. Die einzig annehmbare Sache, die Mönche zu machen imstande waren. Der Patron fixierte ihn und brabbelte einfach nur: Ja, also wirklich! Ja, also wirklich! Daraufhin bezahlte Gabriel seine Rechnung, nahm seine Sachen, zog sich in aller Eile um und sagte auf Wiedersehen, Danke für alles, ich werde Ihnen Gäste vorbeischicken.

Im Twingo holte er aus seiner Reisetasche die Beretta, die er sich in den Gürtel steckte, und schluckte ein paar Pillen gegen die Schmerzen. Und andere fürs Gemüt. Cécile war nach Hause gegangen. Sie hatte ihn, bevor sie ihn verließ, auf die Wange geküßt.

«Wie heißen Sie denn nun, in echt?»

«Ich heiße Pulp.»

Sie hatte mit den Schultern gezuckt und sich dann zu Fuß aufgemacht.

«**Vive le rock**», hatte Bernard bloß gesagt und war ihr hinterhergelaufen.

PULP und die Petze 23

Gabriel hatte sich wieder auf den Weg nach Varengeville gemacht. Zwei Tage zuvor, und ungefähr um die gleiche Uhrzeit, war er zuversichtlich zu Fuß eine kleine ruhige Straße zwischen Kühen und Rhododendren hochgestapft. Nun biß er die Zähne zusammen, um den Schmerz zu vertreiben, und seine Fingerglieder auf dem Lenkrad des kleinen Wagens waren weiß. Er wußte noch immer nicht viel mehr, verstand ebenso wenig, hatte aber nunmehr ein Ziel, einen Feind. Mao hatte sicherlich einen Gedanken dazu geäußert ...

Er irrte ein wenig durch den Ort, fand nichts wieder, verfuhr sich.

Und schließlich sah er sich an dem großen Portal vorbeikommen, schlechte Erinnerungen kamen in ihm hoch. Er bog schnell nach links, machte einmal grob die Runde um das Anwesen. Und tatsächlich, ganz am Ende des Parks stand ein hübsches Wächterhaus, ebenfalls aus Backstein, mit verzierten Giebeln und einer großen Toreinfahrt. Früher der Eingang fürs Gesinde, all jener, die schufteten, jener, die Stroh und Kuhmist brachten und nichts anderes zu erwarten hatten als Brosamen. Gabriel parkte den Twingo etwas weiter unten, atmete tief durch. Seine Rippen spürte er fast nicht mehr, seine Hüfte, damit würde es schon gehen, und sein Zorn, der funktionierte allerdings gut, er war voll davon. Er stieg aus seinem Wagen aus, schlich an der Umfassungsmauer entlang und ging neben der kleinen Eingangstür des Wächterhäuschens in Deckung. Kein Laut. Er hörte nur das Draußen, die Kühe, Vögel, das Kichern einer Elster, Autos, in der Ferne. Kein Türspion, auch keine Kamera. Hier, wo er sich befand, mußte man schon wirklich wissen, daß es sich um die Rückseite des Anwesens der de Longuevilles handelte. Er öffnete seine Jacke, zog die Beretta heraus und klopfte damit direkt auf das Holz. Nichts. Er inspizierte die schlichte Tür, kein Sicherheitsschloß. So ging er pfeifend wieder zurück, öffnete den Kofferraum des Twingo und holte aus seiner Reisetasche etwas hervor, was ein Anfänger oder ein Unbedarfter für einen Pfeifenreiniger gehalten hätte. Er knackte das Schloß in drei Sekunden. Noch immer niemand. Die Vorzüge des Landlebens. Stille und eitler Friede. Die reinsten Ferien für Fassadenkletterer.

Im Erdgeschoß gab es zwei Räume, spartanisch eingerichtet abgesehen von Fernseher, Videorecorder und Canal-Plus-Dekoder. Ein Stapel Revolverblätter, ein paar Bücher, billige Science-fiction-Romane und zwei Stephen King. Das Bett war nicht gemacht, und in dem kleinen Waschbecken standen aufeinandergestapelte Kaffeetassen.

In jedem Zimmer ging ein großes Fenster auf den unermeßlichen, parkähnlichen Garten der de Baily de Longuevilles hinaus. Weit hinter allem Laubwerk konnte er die Rückseite des Stammhauses erkennen sowie zwei schwarze BMW und einen stahlblauen Mercedes, die vor hohen Spiersträuchern parkten. Niemand am Horizont, außer einem Typ, der auf dem Kotflügel eines der Schlitten lümmelte und versonnen an den Nägeln kaute. Gabriel fühlte seine Spannung um zehn Punkte auf der Bummbumm-Skala ansteigen. Dieser Typ sah nämlich ganz nach dem komischen Torero aus, der ihn in die Tiefe geschmissen hatte. Fehlte bloß noch das Zirpen der Zikaden, und man hätte eine Sequenz eines englischen Thrillers gehabt.

Der schöne Esposito mußte wahrscheinlich in zu großer Kluft den Haussklaven am offiziellen Eingang geben. An der Gegensprechanlage antworten, die Personalausweise der Besucher auswendig lernen. Oder den Tee servieren. Gabriel setzte sich auf einen Heizkörper und wartete. Er fühlte sich ruhig. Auf dem Punkt. Er hatte die Zeit auf seiner Seite. Niemand war ihm auf den Fersen. Er war der Jäger. Er hatte seine Opfer gefunden.

Er wartete nicht lange. Eine Viertelstunde später erblickte er

Espositos Gestalt, der, sich die Stirn abwischend, zum Haus schlurfte. Er trug noch immer diesen unglaublichen schwarzen Anzug, dessen Hosenbeine sich im unteren Bereich korkenziehermäßig stauten. Von fern erinnerte er an einen Pinguin, der übers Gras marschierte und dabei wegen der Hitze hin und her torkelte. Gabriel versteckte sich hinter der Eingangstür und lud die Pistole durch. Er biß die Zähne derart zusammen, daß sich die unteren Backenzähne in seinen Oberkiefer zu bohren schienen.

Esposito rammte eher die Tür ein, als daß er sie öffnete. Kaum im Haus, schleuderte er seine Mokassinslipper in die hintere Ecke des Raums, mit zwei jähzornigen Fußtritten. Die Tür knallte unvermutet hinter ihm zu. Esposito machte einen Satz, drehte sich um und entdeckte seinen Besucher.

«Ganz ruhig», sagte Gabriel, während er mit gestrecktem Arm die Beretta auf ihn richtete. «Nur nicht unnötig rumzappeln.»

Esposito sah ihn an. Nicht wirklich erschrocken. Eher erleichtert, fast.

«Wenn du dich rührst, wenn du schreist, schieße ich. Ohne lang rumzureden. Killer reden gern, kurz bevor sie abknallen. So kommen die Opfer dann auch davon. Aber das ist nur im Kino so. Mach dein Gebet, Tom Dooley.»

Esposito begann zu lächeln. Ernsthaft. Dann ließ er sich nach hinten aufs Bett fallen, das unter seinem Gewicht knarrte, und verschränkte die Arme hinterm Nacken. Lächelnd starrte er die Decke an. Ziemlich fassungslos wußte Gabriel nicht genau, was er jetzt tun sollte. Esposito warf ihm einen Blick zu.

«Darf ich was sagen? Erst beleidigst du die Hausherrin, dann vermöbelst du mir die Eier und jetzt willst du mich auch noch umnieten. Das ist 'ne hartnäckige Feindschaft.»

«Wer ist der Typ da drüben, auf der Karre?»

«Weiß ich nicht.»

«Aber sicher weißt du das. Erinnere dich, neulich, ich war kaum aus dem Tor, da hat deine Patronne mir diesen Kerl und einen seiner Kumpel auf den Hals gehetzt, einen Rothaarigen, mit 'ner grünen Jacke. Die haben versucht, mich zu töten. Haben mich bis an die Klippen verfolgt ...»

«Das war leicht. Fremde im Kaff, die sieht hier jeder. Und Gardinen sind durchsichtig.»

«Wer war dieser Typ im Blouson, der Rothaarige?»

«Ich bin keine Petze.»

«Und wenn ich dich ein bißchen abklopfe?»

«Nur zu. Heute bin ich gepanzert.»

Die Situation war vollkommen surreal. Tea-Time. Mitsamt den Petits Fours. Normalerweise hätte bereits Blut an den Wänden kleben müssen. Und Esposito lachte, fatalistisch, verspottete freiheraus seinen gescheiterten Folterknecht.

«Egal wie, du sitzt in der Klemme. Wenn du schießt, wird die ganze Hütte hier antanzen. Und wenn du mich zusammenschlagen willst, werde ich so laut brüllen und mich wehren, denn diesmal wirst du mich nicht heimtückisch erwischen, und die ganze Bande wird genauso anrücken.»

Gabriel bedrohte ihn noch immer mit seiner Waffe, erstarrt, in heiligem Ernst. Draußen war knirschender Kies zu hören, Motorengeräusche, zuknallende Wagentüren. Zwei andere Autos, dicke, ein Rover und ein Audi, hatten soeben neben den anderen geparkt. Er sah drei Männer, die auf das Haupthaus zugingen. Diverse Begrüßungen mit Yvonne, in gelbem Kleid, und einem großen Typ im Anzug. Monsieur, zweifelsohne.

«Wer sind diese ganzen Pinguine da?»

«Was geht's dich an? Bist du von der Polizei?»

«Ich werde auf die erste Karre schießen, dann werden wir ja sehen.»

«Schieß lieber auf den Typ, der auf der Haube sitzt. Das ist ein Scheißkerl. Er hat zu mir gesagt, ich wäre ein Pavian, und es wär an der Zeit, daß ich wieder in meinen Käfig ginge.»

«Und du hast nichts gesagt, Esposito?»

«Der Typ hat 'ne 357er unter der Achsel.»

«Esposito, du bist ein Waschlappen. Du läßt dich von jedem x-beliebigen beleidigen. Dein Leben wird die Hölle, wenn du dir das gefallen läßt.»

«Das ist kein x-beliebiger. Gehört zu den Flamen. Da gibt's auch einen Engländer. Ausländer eben. Typen, die über Dinge reden, die ein *Affe* wie ich nicht hören darf. Ich, ich tauge nur dazu, die Tür zu öffnen, die Lieferanten anzupissen, mir Fußtritte in die Eier einzufangen, mich als Makaken beschimpfen zu lassen und in meiner eigenen Wohnung mit 'ner Knarre bedroht zu werden.»

«Und weshalb genau sind die hier, all diese Leute?»

«Weiß ich nicht. Das sind die Angelegenheiten von Monsieur. Internationale Sachen und so. Europa. Monsieur reist selbst oft ins Ausland.»

Das alles roch übel. Das hier war nicht die Weltbank. Die stiegen in Nobelhotels ab. Hier aber, in diesem ruhigen, abgeschiedenen Haus, roch es faul, oberfaul, und gegen den Wind.

«Kanntest du Bérénice?»

Esposito blieb eine ganze Weile still.

Da wußte Gabriel, daß er durch Zufall einen empfindlichen Punkt berührt hatte. Und er fühlte sich plötzlich ganz blöd mit seiner Beretta, die noch immer auf diesen dicken, bauchigen Körper gerichtet war, der dalag und angestrengt nachdachte, als sei dies eine neue Methode der Psychoanalyse.

«Jaa. Die war nett. Ein bißchen hochnäsig, das ist normal, in so einer Hütte, aber nett. Sie hat mir Bücher geliehen. Sie hat vielleicht eine weise Entscheidung getroffen. In dieser Hütte war ich der einzige, der noch schlechter behandelt worden ist als sie. Selbst ihre Schwestern sind ihr auf den Wecker gefallen.»

Gabriel dachte in Windeseile nach. Jetzt nur nicht weich werden. Ins Schwarze treffen.

«Wußte Bérénice denn über diese Art von Treffen Bescheid?»

«Wie jeder hier ... ohne wirklich was zu wissen ... Sie hat Spanisch gelernt, auf der Schule. Ihr Alter hat beim letztenmal von ihr verlangt, die Dolmetscherin zu machen. Sie hat sich geweigert. Das hat dann wieder mal einen schönen Krach gegeben, Mann ... Vor ungefähr einem Monat, da waren vor allem Spanier hier.»

Und dann lachte er sich schlapp, so, wie er da auf seinem Bett lag.

«Paviane wie ich.»

Das alles roch wirklich übel. Dieser ganze Geheimtreffenzauber. Das sah nach Opus Dei oder Lateinamerika aus, das roch nach Putschisten.

«Gut.»

«Das ist mal wahr.»

«Der Typ da draußen und der andere, der Rothaarige mit seinem Blouson, hausen die hier?»

Zum erstenmal seit einer ganzen Weile schaute Esposito ihm in die Augen.

«Was genau haben Sie vor?»

«Die beiden würde ich mir ganz gern kaufen. Danach ... Eins beide, Ball in die Mitte, ich verdrück mich, und Sie sehen zu, wie Sie mit Ihren Herrschaften klarkommen.»

«Und wie wollen Sie sich die kaufen?»

«Hart. Hundertprozentig.»

Espositos Augen begannen zu sprühen. **Dom Perignon brut.**

«Hohe Tiere wohnen immer hier im Haupthaus. Was diese beiden Typen angeht, die sind kurz vor Petit-Abbeville einquartiert. In Hamelet. Das Haus mit überall Efeu und den weißen Fensterläden. Dort wohnt nämlich ein Freund von

Madame, der sich im Kraftwerk von Penly, nördlich von Dieppe, um die Sicherheit kümmert.»

«Danke, Esposito.»

«Aber machen Sie fix, die fahren morgen wieder ab.»

«Kein Problem.»

«Aber wer sind Sie eigentlich?»

«Der Pulp.»

«Der Pulp ... Ich glaub, ich träum. Der Pulp gegen die Kraken. Das ist wirklich klasse.»

Und Gabriel verließ das kleine Haus, lief zum Twingo, startete und kratzte schnellstmöglich die Kurve, für den Fall, daß sich Mitchums schlechtes Gewissen plötzlich wieder gewendet hätte. Er hatte einen Haufen Dinge zu erledigen, einen ganzen Schwung Sachen nachzuprüfen. Eine vage Vorstellung der Gesamtkomposition keimte allmählich in seinem Hirn. Eine einfache Vorstellung, zu einfach sogar. Doch er mußte sich darüber Gewißheit verschaffen. Zuviel Leid hatte sich bereits auf diesen wenigen Quadratkilometern angehäuft. Es kam überhaupt nicht in Frage, noch eine weitere Schicht Unheil auf eine schon ziemlich düstere Stulle zu schmieren.

PULP und die Petze 24

Er fuhr zu Cécile, um sie abzuholen. Bernard war bereits wieder zu neuen Abenteuern aufgebrochen. Die Mutter der jungen Frau sah diesen etwas merkwürdigen Typ, der ihre Tochter abholen kam, mit einem komischen Gesichtsausdruck an. Sie wagte ihren Nachwuchs nur zu fragen, ob der Aufsatz gemacht sei. Und Cécile antwortete ihr nur: Mama, bitte! ... Nun ja, mit einem Schwiegersohn in spe wie Bernard war die Dame bestimmt gestählt.

Sobald sie im Wagen saßen, kam Gabriel ohne Umschweife zur Sache.

«Gut. Wir müssen schnell machen. Ich brauche dich.»

«Und was verstehen Sie darunter?» erwiderte die junge Frau geziert.

«Ich bitte dich. Du könntest meine Tochter sein.»

«Na und?»

«Also gut. Schweigen wir. Beruhigen wir uns. Und stellen wir uns vor allem keine Fragen mehr. Stell dir nur einfach mal vor, Bérénice und Frédéric hätten irgend eine wichtige Sache enthüllen wollen, jemandem mitteilen wollen. Sagen wir, 'ne politische Sache.»

«Was verstehen Sie unter politisch?»

«Das weiß ich nicht genau. Rechtsradikale zum Beispiel.»

Cécile überlegte, wobei sie diesen unglaublichen Typ, der neben ihr saß, nicht aus den Augen ließ. Gabriel konzentrierte sich auf die Straße, die engen Kurven, die sich die Klippen hinaufschlängelten Richtung Dieppe.

«Bei Béré weiß ich nicht. Frédéric, der gehörte zu der Zeit, als ich mit ihm zusammen war, einer Gruppe an, autonome Linke und so, ein bißchen von allem. Le Scalp heißt die. Ich erinnere mich nicht mehr, was das bedeuten sollte.»

«Section Carrément Anti Le Pen. Bei section bin ich nicht ganz sicher, wohl aber bei ‹absolut gegen le Pen›. Sehr gut. Das paßt zusammen. Und, hatte er auch Freunde beim Scalp?»

«Jaa, ziemlich viele. Auch Bernard, übrigens.»

«Und Bernard, ist der immer noch dabei?»

«In seinem Kopf ja. Aber der ist öfters in der Garage.»

«In der Garage.»

«Dort, wo er mit seinen Kumpels probt. Phoque.»

«Pardon?»

«Phoque, Heuler, das ist der Name der Gruppe.»

Sie schaute auf ihre Armbanduhr.

«Er müßte jetzt dort sein.»

«Wo ist es? Wir fahren hin. Ist es weit?»

«Hinterm Bahnhof.»

PULP und die Petze 25

Gabriel spürte jene außergewöhnliche Erregung, die ihn immer erfaßte, wenn die Steinchen eines Puzzles sich allmählich zusammenzufügen begannen. Bald würde er nach Paris zurückkehren, erneut seine allmorgendlichen **cafés-tartines** zu sich nehmen und vor allem wieder Gérard verarschen können. Im Moment aber hatte er was zu Ende zu bringen. Besonders jetzt durfte er keinen Patzer machen, nicht überstürzt vorgehen, und vor allem mußte er auch auf seine Kosten kommen. Pulp war nicht der große Wiedergutmacher. Er war nur einer, der die Sachen genau nahm, bloß mit etwas mehr Intuition als die anderen. Weder für das Gesetz noch für die Moral machte er sich auf die Socken. Sondern für sich, hauptsächlich. Folglich mußte er bei jedem Mal für finanziellen *Ausgleich* sorgen und sich an seinen Opfern schadlos halten. Wie, das kam ganz darauf an. Auf den Ort, die Zeit, die Leute. Er würde schon sehen.

Die Garage der Punks lag nicht weit von den Gleisen entfernt, zweihundert Meter hinter dem Bahnhof. Aber selbst wenn ein TGV nach dem andern hier vorbeigedonnert wäre, sie hätten den Heidenlärm nicht übertönt, der aus dem Schuppen drang. In Sachen Musik war Gabriel ein bißchen bei den siebziger Jahren hängengeblieben, doch die Punks hatten ihn immer fasziniert. Die Energie, der Klang, das völlige Fehlen von Kompromissen und eine geradezu wissenschaftliche Herangehensweise, die Grenze des menschlichen Hörvermögens zu überschreiten ... Und hier ging **Phoque** ganz entschlossen zu Werke. Gabriel versuchte gar nicht erst, im voraus auf die Gitarren zu wetten. **Strato** oder **Les Paul**?

Nun, es war eine **Telecaster**, die den meisten Radau machte. Die übrigen waren irgendwelche minderen Marken. Doch das schnurrte schön. Bernard kümmerte sich um die Gesangsanlage, und so war es ein bißchen seine Schuld, wenn es dem elektronisch verstärkten Preßlufthammer, der aus den Lautsprechern dröhnte, gelang, als etwas anderes wahrgenommen zu werden als eine gigantische Rückkopplung. Gabriel hatte sogar Gänsehaut an den Unterarmen und die Kehle ein wenig zugeschnürt, wie jedesmal, wenn bei einem Konzert die Gruppe einen sehr harten Riff spielte.

Das Stück hörte brutal auf, ohne Vorwarnung, und der Gitarrist schmetterte mit wütender Miene seine Klampfe zu Boden. Bernard kam zu ihnen her.

«Ist ein bißchen lahm, wir schaffen's nicht, uns richtig reinzuhängen ...», sagte er Gabriel ins Ohr, der eine gute Minute warten mußte, bis die Knöchelchen in seinem Schädel aufhörten, ihm das Schläfenbein von innen zu massieren.

«Hast du fünf Minuten Zeit? Ich brauch nur 'ne Auskunft.»

«Da steht nicht SNCF drauf», gab der junge Mann feinsinnig von sich und zeigte auf seine Stirn.

«Weißt du, was SNCF bedeutet? *Savoir nager comme Fernandel.*»

Bernard lachte schallend und folgte nun doch Cécile und Gabriel nach draußen. Er wurde von nervösen Tics durchzuckt und hatte einen Schritt drauf, als wollte er die ganze Stadt Dieppe, ihren Hafen, die Felsklippen fressen, und das benachbarte Kernkraftwerk gleich mit.

«Gibt es beim *Scalp* möglicherweise einen Kerl, der eine Information in eine Zeitung bringen könnte, in eine große, überregionale wie den *Canard Enchaîné* oder *Libération* oder irgendwas ähnliches?»

«Jaaa», antwortete Bernard überaus schlagfertig, wobei er Gabriel wie eine Wahrsagerin von oben bis unten betrachtete. «Da gibt's den Momo. Sein Onkel ist beim *Événement du Jeudi.*»

«Und wo kann man den finden, diesen Momo?»

«Wie spät ist es?»

«Halb vier.»

«Ab fünf Uhr knetet der Teig.»

Allein schon bei dieser Erwähnung lachte Bernard sich scheckig.

«Er arbeitet in der Pizzeria **Tonino**, in der Nähe der Brücke. Er macht dort den Teig. Hat 'nen Facharbeiterbrief in Automechanik und macht Pizzen! Allerdings ... ich hab mal eine gefuttert, und na ja, es stimmt schon, daß da auch Zwölfer-Bolzen drin sein könnten ...»

PULP *und die Petze* 26

Gabriel vertrieb sich die Zeit, wie er konnte. Cécile war wieder zum Unterricht gegangen, sie wollte ihre zwei Stunden **Philo** nicht versäumen. Der Lehrer ist wunderbar, alle Mädchen sind in ihn verliebt, hatte sie gesagt und Gabriel dabei aus den Augenwinkeln beobachtet. Sie hatten sich für circa achtzehn Uhr im Balto verabredet. Er ging sich zwei Sandwiches kaufen, die er sofort in einem Rutsch verschlang, und suchte anschließend nach Bier für die Punks, richtiges mit ordentlich Schaum, um ihnen den Geschmack am Valstar auszutreiben. Er fand – Dieppe war tatsächlich eine wunderbare Stadt – ein paar Flaschen Pope's 1880, eine gute **strong ale**-Marke, die starkes und zu Kopf steigendes, kräftig gehopftes und dennoch sämig-liebliches Bier lieferte. Als er es ihnen brachte, bemerkte er eine gewisse Verlegenheit. Die Heuler funktionierten nur mit Pelforth. Weil es aber wenigstens englisches Bier war, war der Fehler minder schwer. Man verzieh ihm. Als sie es schließlich tranken, klopften sie ihm auf den Rücken.

Gegen siebzehn Uhr betrat er das Tonino. Eine Pizzeria, wie man sie überall sieht, außer in Italien. Der Wirt bellte, daß geschlossen sei, und Gabriel, der keine Zeit für langes Getue hatte, schmierte ihm einen Zweihunderterlappen hin, um fünf Minuten mit seinem Teigkneter reden zu dürfen. Darauf bot ihm der andere ein Glas Rosé de Provence an, schön kühl, das Gabriel höflich ausschlug. Das Thunfischsandwich rutschte nicht gut, da sollte man es nicht noch zusätzlich mit solchem Mist begießen.

Momo rackerte sich mit dem Mehl ab wie ein wahrer Teufel. Als Gabriel mit ihm reden wollte, spürte er sofort, daß der Kerl der Typ war, dem man mit so was nicht kommen durfte. Der einem ohne Vorwarnung den Teig ins Gesicht werfen würde. Als er ihm aber erklärte, daß Bernard und Cécile ihn hergeschickt hatten, beruhigte er sich und hörte sein Gegenüber geduldig an. Gabriel packte das Ganze ohne Umschweife auf den Tisch. Nun ja, das Wesentliche. Und was ihm Momo daraufhin sagte, während er weiter seinen weißen Zement knetete und formte, war wie Schmieröl auf einen etwas eingerosteten Mechanismus, wie Zitrone auf ein Corona.

Tatsächlich hatte Bérénice, von Frédéric zu den Versammlungen des **Scalp** mitgenommen, ihnen angekündigt, daß sie eine unglaubliche Information für sie hätte. Etwas, was sie in höchstem Maße interessieren würde, untermauert mit allerhand Beweisen. Und sie hatte gesagt, daß Momo es weiterleiten sollte an seinen Onkel in Paris, für sein Wochenblatt. Damit ganz Frankreich es erfahre. Noch zehn Tage sollten sie Geduld haben. Aber sie würde die Information rausrücken, ganz sicher. Und zwar am Sonntag, da hatten sie nämlich 'ne Versammlung geplant, um eine Demo gegen die Unrechtsgesetze vorzubereiten.

«Aha», sagte Gabriel. «Und dann?»

«Und dann haben sich diese beiden Arschlöcher am Samstag verabschiedet.»

Und Momo ohrfeigte seinen Teig ziemlich übel.

«Und das ist dir nicht merkwürdig vorgekommen?»

Momo antwortete ihm zunächst nicht. Er schlug einfach nur auf seinen Teig ein.

«Merkwürdig, weiß nicht. Grauenhaft, ja. Bérénice, die hatten wir ziemlich gern. Und außerdem wäre sie uns verdammt nützlich gewesen. Sie war im feindlichen Lager, die hätte uns betonharte Informationen liefern können.»

«Über ihre Familie.»

«Pff. Die kneifen den Arsch viel zu sehr zusammen, um Le Pen zu wählen. Zu vulgär. Die machen ihr Kreuz beim Vicomte. Kommt aufs gleiche raus. Die Mamá de Longueville, die steckt hinter diesem ganzen beschissenen Kreuzzug der Abtreibungsgegner hier in der Region. Spielt die erste Geige da.»

«Heute ist ein Kommando im Krankenhaus eingefallen ...»

«Ah! Diese Hunde ...»

Der arme Pizzateig. Das tat weh. Eine Folter. Geohrfeigt. Niedergeschlagen. Zusammengestaucht.

«Vielleicht war's das, was Bérénice uns sagen wollte», räumte Momo ein.

«Glaub ich nicht. Was hätte dein Onkel denn mit so einer Story anfangen können? Das reißt doch niemanden vom Hocker ... Hat sie wirklich nichts gesagt?»

«Nein. Sie konnte nicht. Das wäre zu gefährlich für sie, hat sie behauptet. Aber schon sehr bald wollte sie's tun, wenn die Gefahr vorüber wäre. Wir haben das nicht ganz kapiert. Aber das war ihr Bier. Und wir hatten Vertrauen zu Béré. Also ...»

Er spie vor Ärger in den Teig. Nie wieder würde Gabriel in eine Pizzeria gehen.

«Sauerei, wirklich», schloß Momo. «Und Sie, blicken Sie da durch, hm?»

«Ja, ich glaube, ein bißchen.»

«Wollen Sie mir nicht ein bißchen was drüber verraten?»

«Im Moment nicht. Aber bald. Bestimmt.»

«Und schon geht das wieder los. Haben Sie vor, sich in der Zwischenzeit umzubringen?»

«Keine Chance, Momo. Wirklich null Chance.»

Der Besitzer des Ladens war wieder aufgetaucht.

«Langsam wird's eng, Maurice, hau mal 'n bißchen rein.»

«Und was tu ich die ganze Zeit? Mich amüsieren?»

«Ich hab's kontrolliert», schritt Gabriel ein. «Er knetet sehr gut.»

Der Patron zuckte mit den Schultern und ging zurück, um weiter das Gewürzöl und die mit rotem Wachs vollgetropften Flaschen auf rosaroten Tischtüchern zu verteilen.

27 «Gut. Fassen wir zusammen.»

Cécile gehörte zu denen, die gern zusammenfassen. Trotz der Austern. Sie hatte ein zweites Mal welche essen gehen wollen. Ein letztes Mal, hatte sie ohne Zweifel gedacht. In diesem ziemlich schicken Restaurant an der Uferpromenade war die Atmosphäre weniger friedlich als in der alten *Huîtrière* in Pourville. Cécile gab sich große Mühe, fröhlich und positiv zu sein.

«Wollen Sie nicht zusammenfassen?»

«Nicht unbedingt. Ich kann nicht. Ich bin mir über nichts sicher.»

«Aber Sie haben mir doch gesagt, daß ...»

«Ich habe dir gar nichts gesagt. Und wenn man dich je fragen sollte, ob ich dir was gesagt habe, dann sagst du nein.»

«Hört sich an wie meine Mutter. Das ist ihr Lieblingssatz: Wenn man dich danach fragt, dann sagst du, daß du nichts drüber weißt. Sie hat mir erklärt, daß sie das im Krieg immer gehört hat.»

«Wo wir gerade von deiner Mutter reden, ich sollte dich vielleicht nach Hause bringen. Sie wird sich langsam Sorgen machen.»

«Ich hab sie angerufen. Ich bin achtzehn. Ich bin volljährig. Sie weiß das. Im Gegensatz zu Ihnen.»

«Hör zu, Cécile ...»

«Ich höre zu.»

Gabriel seufzte. Es war nicht einfach.

«Okay, ich werde zusammenfassen. Erstens, ich werde mir ein Hotelzimmer nehmen. Hier, in Dieppe. Zweitens, heute nacht werde ich 'ne kleine Tour aufs Land machen. Drittens, alles wird von dieser Spazierfahrt abhängen. Viertens, ich hau wahrscheinlich morgen ab. So. Das ist die Zusammenfassung.»

«Das ist eher 'ne Textkontraktion. Sie haben mich nur benutzt. Ich habe Sie überall hingeschleppt. Ich habe Ihnen geholfen. Sie haben's ein bißchen mir zu verdanken, wenn Sie da etwas klarer durchblicken. Und jetzt lassen Sie mich fallen. Bravo. Wirklich. Zum Glück haben Sie jedesmal bezahlt. Ich spreche von den Austern.»

Gabriel war fasziniert. Die Schönheit dieses Mädchens war unfaßbar. Sie wußte es nicht. Im Gegenteil, sie fand sich wahrscheinlich nicht hübsch genug. Sie war noch nicht in dem richtigen Alter, um zu finden, daß Ausgeglichenheit, Klarheit und Anmut unschätzbare Trümpfe waren.

«Ich will dich einfach nur schützen, Cécile. Damit dir nichts passiert. Vielleicht hat man dich mit mir gesehen. Wenn die Sache schlecht ausgeht, könntest du ernste Scherereien bekommen.»

«Meine Mutter sagt, wenn man gefoltert wird, ist es besser, wenn man was zu sagen hat.»

«Hör auf mit diesem Schwachsinn! Du wirst nichts erfahren.»

«Ich ... ich habe Frédéric geliebt. Scheiße, ich habe doch wohl ein Recht, was zu erfahren.»

«Wenn du Frédéric noch immer liebst, dann vertrau mir. Wenn ich nicht hierhergekommen wäre, dann hätte dein Frédéric nur ein paar Friedhofsbesuche abgekriegt. Und vielleicht ein Lied, von der anderen da von Phoque.»

«Du bist ein Mistkerl.»

Sie hatte leise zu weinen begonnen. So was konnte Gabriel

nur schwer ertragen. Er weinte nie, zweifelsohne, weil das Verschwinden seiner Eltern ihm für immer seine Tränen geraubt hatte. Diese Drüsenaktivität bei anderen konnte er nicht aushalten. So war das eben. Jeder hat seine Grenzen.

«Dabei bist du der einzige, der nie gesagt oder gedacht hat, ich hätte mich zu schnell mit Bernard über Frédéric hinweggetröstet. Deshalb hab ich dich trotzdem gern. Trotz allem.»

Und sie lächelte ihm zu wie durch einen Regenschleier. «Komm. Laß uns gehen.»

Sie trocknete ihre Tränen mit der Serviette ab. Und Gabriel bemerkte in diesem Augenblick, daß sie einen kleinen Silberlöffel so verbogen hatte, daß er zunächst dachte, sie hätte einen Knoten hineingemacht.

PULP und die Petze 28

Er ließ seine Sachen in seinem Zimmer. Papiere und alles, was irgend jemandem irgendwelche Hinweise, selbst falsche, hätte geben können. Alles, was ihm Scherereien einbringen konnte, versteckte er hinter der Verblendung unter dem Waschbecken und ließ nur einen Personalausweis auf den Namen Jérôme Le Prieur offen liegen. Er nahm lediglich die Beretta und ein Wechselmagazin mit. Cécile wartete unten an der Rezeption auf ihn und war eingeschnappt. Sie hatte kein Wort mehr zu ihm gesagt, seit sie das Restaurant verlassen hatten. Gabriel war es lieber so. Er wollte sich nicht noch obendrein mit der aufkommenden Hysterie dieser Göre herumschlagen, die sich über alles ihre eigenen Gedanken machte.

Sie stiegen wieder in den Twingo, und Gabriel bot sich an, die junge Frau zurück nach Pourville zu bringen. Sie lehnte ab und bat ihn, sie ins Stadtzentrum zu fahren, in die Nähe des Binnenhafens. Sie wollte bei Bernard übernachten. Eigenartigerweise war Gabriel mit einem Schlag etwas eifersüchtig, obwohl er sich vor den Blutjungen hütete wie vor der Pest. Außerdem hatte er, was das Syndrom der Vierzigjährigen betraf, noch fünf Jahre Zeit, sich damit auseinanderzusetzen. Er versuchte, sie sich vorzustellen, wie sie sich an den glatten, unbehaarten Körper des wilden Punks anschmiegte, ließ jedoch rasch von diesem Gedanken ab. Das waren keine Bilder, die in den Kopf eines Jägers gehörten. Er brauchte Konzentration.

Bevor sie, die Augen voller Tränen, aus dem Wagen stieg, küßte sie ihn auf die Wange.

«Haben Sie mich trotzdem gern?»

«Ich hab dich mehr als gern, Cécile. Ich werde mich lange an dich erinnern. Und ich danke dir.»

«Wollen Sie mir immer noch nicht sagen, wer Sie sind?»

«Ich hab's dir doch gesagt. Ich bin der Pulp.»

«Der Pulp. Was für ein Schwachsinn. So 'n Tintenfisch ist doch schleimig und glibberig.»

«Jaa. Aber wenn der sich an was festsaugt, dann läßt er nicht mehr los.»

Sie blickte ihn ein letztes Mal an, versuchte, ein Lächeln anzudeuten, stieg aus dem Auto und knallte die Tür zu. Gabriel fuhr an.

Als er in dem Weiler Hamelet ankam, war alles schwarz und finster im Tal der Scie. La Scie. Die Säge. So hieß der Fluß eben. Ein Bild mehr. Nicht zu reden von dem Kaff. Trotz des Namens glich das Nest ganz und gar nicht der Bühne eines Shakespeare-Stücks.

Er stellte seine Kröte ab, hinter Bäumen versteckt, und marschierte so lautlos wie möglich ungefähr hundert Meter weit. Ein Hund bellte, etwas weiter weg. Diese Drecksviecher. Köter, die waren nicht wie elektronische Anlagen, die hatten nie mal 'ne Störung. Er wartete gut zehn Minuten, um seine Augen vollends an die Dunkelheit zu gewöhnen und die Gegend erkunden zu können. Zwei Wagen fuhren vorüber, das war alles. Die Töle schlug immer wieder kurz an.

Das mit Efeu überwucherte Haus stand direkt an der Straße, und nur ein winziger Vorgarten trennte es vom Gehsteig. Der Garten mußte nach hinten liegen. Ein schmaler Weg ging rechts ab und an der Seite der Hütte entlang. Gabriel sah nicht sonderlich viel, allein die Ahnung eines etwas weniger dunklen Streifens zeigte ihm den Weg an. Ohne große Mühe gelangte er auf ein kleines Feld, umgeben von einer einfachen Hecke schwarzer Johannisbeeren – er erkannte sie an ihrem würzigen Geruch. Zwei Fenster in der Hauswand vor ihm waren erleuchtet. Im Erdgeschoß. Gabriel näherte sich ihnen und griff sich eine Gartenhacke, die gegen die Wand gelehnt war. Vorsichtig spähte er durch das Sprossenfenster. Der Torero saß an einem Tisch, allein, beim Essen. Ein tragbares Radio neben sich. Und eine Pulle Wein, so rot wie eine schiefgelaufene Revolution. Gabriel hörte vage gedämpfte Musik, aber auch Stimmen. Das, das war nicht gut. Mehr als zwei Leute, und die Übung wurde gefährlich. Er schlich hinüber zum anderen Fenster und entdeckte einen eingeschalteten Fernseher mit einem leeren Sofa davor. Wie er dann auf den Bildschirm starrte und dabei die Ohren spitzte, gelangte er zu der Überzeugung, daß die gerade gehörten Stimmen tatsächlich die waren, die aus den Mündern der Wirrköpfe kamen, die auf der Mattscheibe heftig debattierten. Der Torero schien allein zu sein. Vielleicht befand sich jemand im ersten Stock.

Gabriel zog seine Pistole und packte die Hacke. Die Tür zum Garten war nicht verriegelt und ließ sich leicht öffnen. Beim Eintreten war er von der Kakophonie überrascht, die das Haus erfüllte. Das Radio und der Fernseher waren voll aufgedreht. Vor ihm führte eine Treppe zum ersten Stock hinauf. Eine Holztreppe. Er lehnte die Hacke gegen das Geländer und erklomm die Stufen eine nach der anderen, glaubte bei jedem Tritt, sie knarren zu hören wie in einem Film à la Hitchcock. Auf der ersten Etage entdeckte er drei Türen. Gabriel öffnete sie nacheinander. Zwei Schlafzimmer und ein Bad. Und niemand. Der Torero war tatsächlich allein in der Arena, und für einmal würde der Stier ihm ordentlich was an Mythos und Zeremonie in die Fresse geben.

Gabriel stieg die Stufen wieder hinunter. Zur Linken ein politisches Streitgespräch. Zur Rechten Jazz. Jacke wie Hose. Er nahm die Hacke in die Hand und ging auf den Jazz zu. Der Torero saß nach wie vor beim Essen, leicht über den kleinen Tisch gebeugt. Gabriel sah zwei Gewehre zur Linken, an die Wand gelehnt. Darunter ein Sturmgewehr, 'ne Art M 16. Der Beweis, daß auch diese Geschichte eine Ebene höher geklettert war. Mit Gefühlskram war nun endgültig Schluß.

Gabriel umklammerte die Gartenhacke beidhändig und pflanzte sie dem Torero mit voller Wucht oben in den Rücken. Der Mann schnellte nach vorne, kippte dabei den Tisch um und begann zu brüllen wie ein Schwein. Gabriel baute sich vor ihm auf und hob die Hacke abermals über seinen Kopf. Der Torero brüllte und versuchte, nach hinten zu robben. Nicht nur, daß er sich gerade eine Banderilla in die Schulter eingefangen hatte. Es war zu alledem auch noch ein Wiedergänger, der sie ihm verpaßt hatte. Die Nacht, seine Verletzung, die abstrakte Musik, die im Radio spielte, und die Vision eines Gespenstes vor ihm, mit einem furchtbaren Mordinstrument über seinem Kopf, all das kam zusammen. Er konnte in diesen wenigen Sekunden, in denen er hätte reagieren müssen, die Dinge nicht richtig einordnen. Er quiekte nur weiter, als stünde er an den Pforten der Hölle. Gabriel versetzte ihm einen weiteren heftigen Schlag auf den Oberschenkel. Der Torero lehnte inzwischen mit dem Rücken an der Wand, die Augen ungeheuer weit aufgerissen. Gabriel hieb die Hacke in das Holz des Parkettbodens, holte seine Pistole hervor und bohrte sie dem Torero unters Auge, mitten in die Höhlung, daß der Augapfel hervorquoll.

«Wo ist der andere?»

«Er ist auf dem Anwesen. Die Sitzung dauert bis spät in die Nacht.»

«Zu wievielt sind die da oben?»

«An die zehn ... Plus die Leute vom Haus ...»

«Ich werd dir eins sagen», brüllte Gabriel. «Du bist tot. Du bist tot, wenn du auch nur eine Minute länger in der Gegend bleibst. Du wirst jetzt hier rausgehen, du wirst losrennen, du siehst zu, wie du's fertigbringst, du wechselst das Kaff, die Gegend, das Land. Soll ich dir was sagen? Dir ist, ab jetzt, eine ganze Armee auf den Fersen, mit Rasiermessern bewaffnet.»

Gabriel drückte ihm den Daumen auf die Kehle.

«Hast du kapiert, Rotkehlchen?»

Die Augen des Typs hatten sich noch geweitet.

«Los, beweg dich!»

Er wartete nicht ab, ob der Typ zu Verstand käme oder irgendwelche Pläne schmiedete. Mehr auf den Schock bauend als auf irgend etwas anderes, half Gabriel ihm gewaltsam, mit ein paar Fußtritten, sich zu erheben. Dann schubste er ihn in den Flur. Als er ihn am Kragen packte, sah er, daß der Torero oben an der Schulter stark blutete. Doch war jetzt nicht der Augenblick, um Wallungen zu kriegen. Mit Fußtritten beförderte er ihn nach draußen, schleuderte ihn auf die Straße und zwang ihn, mit dem Lauf der Beretta im Nacken, loszurennen in die immer schwärzere Schwärze hinein.

«Los! Schneller! Lauf, schnell! Mach schon! Und ab! Und weg!»

Gabriel blieb stehen, sah den Typ davonrennen und rasch in der Nacht verschwinden.

Er fragte sich gar nicht erst, wie lange es wohl dauern

würde, bis der Torero anhalten und sich sagen würde, was war denn das für eine verdammte Scheiße, paß auf, dem werd ich den Kopf wegblasen, diesem Saftsack, sondern lief in umgekehrter Richtung zum Haus zurück, schnappte sich das Schnellfeuergewehr, überprüfte das Magazin und stürmte eilig wieder hinaus, um zu seinem Twingo zu sprinten. Er fuhr sofort los und nahm wieder die Straße nach Varengeville. Unmittelbar hinter dem Weiler sah er im Scheinwerferlicht die Silhouette des schwankenden Toreros, der, eine Hand auf der Schulter, mitten auf der Straße hin und her taumelte. Er begann zu hupen, raste genau auf ihn zu. Im letzten Augenblick sprang der Torero in den Straßengraben. Theoretisch würde er eine ganze Weile drin bleiben, um darüber nachzusinnen, was er tun sollte.

Gabriel drückte auf die Tube, war Ayrton Senna für Landstraßen in der Haute-Normandie. Wie das Gewitter kam er auf der Rückseite des Anwesens an. Das Gewehr in der Hand, sprang er aus dem Twingo, kickte mit aller Kraft in die Tür des Parkwächterhauses, drang in den Flur und sprang mit beiden Füßen zugleich auf das Bett. Esposito vollführte, in einem herrlichen gestreiften Vorkriegspyjama, einen Looping, mit dem er im Pekinger Staatszirkus hätte auftreten können. «Los, Espo, auf, auf, gleich wird's knallen.»

«Verdammte Kacke, das kann doch nicht wahr sein! Das ist ein Alptraum!»

Gabriel antwortete nicht, öffnete aber das Fenster.

Entfernt, hinter den mächtigen dunklen Umrissen des wohlgeordneten Parks, das Haus der de Baily de Longuevilles. Das gesamte Erdgeschoß war hell erleuchtet, man sah sogar die Kronleuchter, und das pergamentene Licht schien auf die Karosserien der Luxusschlitten, die wie versteckt, verschämt hinter der Hütte parkten.

«Wirst sehen, Espo, wir werden viel Spaß haben!»

«Was hast du vor?»

«Ein guter Rat, pack deine Sachen und verdrück dich, es wird blutig ...»

«Aber was hast du vor?»

Gabriel hatte das Gewehr auf der Fensterbank aufgelegt und es mit einem kurzen Schlag geladen.

«Die sind mir auf die Nerven gegangen.»

Und dann begann er zu schießen. Es war zwar keine Leuchtmunition, doch Esposito sah trotzdem, völlig sprachlos, die Treffer auf den Wagen, die Funkengarben, wenn die Projektile abprallten. Zum Knattern der Waffe hörte man die Windschutzscheiben bersten, die Bleche knallen.

Und dann explodierte ein BMW.

Gabriel warf sein leeres und glühendheißes Gewehr fort.

«Oh, verdammte Kacke!» meinte Esposito feinsinnig.

«Du solltest besser abdüsen, da werden bald ein paar Leutchen in deinem Kämmerlein aufkreuzen.»

«Du bist wirrklich ein Dreckskerl ...», räumte Esposito ein, während er sich in aller Eile anzog.

Gabriel ging hinaus in den Park, durchquerte die Spiersträucher und versteckte sich im Gebüsch. Er baute auf mehrere Dinge. Auf Überraschung und Panik. Etwas, worauf die *Kongreßteilnehmer* nicht unbedingt gefaßt waren. Sie kamen her, in dieses kleine, schicke und ruhige Dorf, um in aller Ruhe ein schönes Komplott zu schmieden, und nicht, um mit 'nem M 16 oder 'ner Kalaschnikow aufgescheucht zu werden. Obendrein konnten sie nicht einmal die Polizei rufen, sofern sie sich, wie Gabriel es vermutete, tatsächlich etwas vorzuwerfen hatten. Gleichzeitig dürften Explosionen und Schüsse aus automatischen Waffen in einer derartig mondänen Gegend nicht unbemerkt bleiben. Eine wohlmeinende Seele würde mit dem Aufschrei, da ist Krieg in den Rhododendren, schon die Staatsgewalt rufen. Nun denn, lachte Gabriel in sich hinein, das Heil liegt in der Flucht.

Er brauchte also nur abzuwarten und sich in Geduld zu fassen.

Unter einer Gruppe riesiger Pfeifensträucher auf dem Boden kniend, sah er dem Tanz zu. Bolschoi reinsten Wassers, und ohne Ballettröckchen. Zuerst waren die Lichter jäh erloschen, dann hatte er Schatten zum Parkwächterhaus stürmen sehen. Dann hatten sich Räume wie schüchtern erleuchtet, als die Spießgesellen Esposito nicht fanden. Er hörte geflüsterte Worte, tuschelndes Beratschlagen und schließlich lautere Stimmen, als sie das Gewehr entdeckten. Und als sie erkannten, daß es dem Torero gehörte, wurden die Stimmen noch lauter, die Weisungen präziser, zeichneten sich Schatten ab. Autotüren knallten. Gabriel hörte Fetzen von Geschrei, wie von einem Streit. Silhouetten wuselten aufgeregt um die Fahrzeuge, um die Schäden zu ermessen. Gabriel verfolgte das Ganze mit scharfem Blick und versuchte dabei, den rothaarigen Mann aufzuspüren, den mit der grünen Jacke. Doch das war praktisch unmöglich.

Als er sicher war, daß der Großteil der Tischgenossen beschlossen hatte, sich aus dem Staub zu machen, offensichtlich hatten Monsieur und Madame de Longueville sogar die Garage geöffnet und ihre eigenen Wagen zur Verfügung gestellt, ging Gabriel still und leise von dannen. Er fuhr wieder zurück. Er nahm dieselbe Straße, über die er eine gute Stunde zuvor gekommen war, nur in umgekehrter Richtung. Der Rothaarige würde ohne Zweifel nach Hause fahren, um nachzuschauen, ob seinem Kumpel etwas zugestoßen war oder was ansonsten in seinem Schädel vor sich ging. Nun, man würde ja sehen, was passiert.

29

Gabriel entdeckte nicht die kleinste Spur des Toreros und ließ den Twingo ungefähr an derselben Stelle zurück wie beim ersten Mal. Er näherte sich so unauffällig wie nur möglich dem von Efeu überwucherten Haus, machte eine rasche Runde zum Aufwärmen, die beiden Räume im Erdgeschoß waren nach wie vor mächtig erleuchtet, der Fernseher lief volles Rohr, nur konnte er von weitem nicht erkennen, um welche Serie es sich da handelte. Schließlich setzte er sich in das von der Nacht bereits feuchte Gras und wartete.

Eine gute Stunde. Kein Schatten hatte sich bis dahin vor den Fenstern abgehoben. Der Fernseher rumorte weiterhin. Niemand würde mehr kommen. Die de Longuevilles hatten sehr wahrscheinlich entschieden, einen Gorilla bei sich zu behalten, für alle Fälle. Man hatte auf sie geschossen, sie mußten doch ein wenig in Panik geraten sein. Gabriel war enttäuscht. Er hatte gehofft, vielleicht später, mitten in der Nacht, einfach so, mit Yvonne oder ihrem Gatten eine kleine Unterhaltung haben zu können. Eine Unterhaltung über Bérénice und Frédéric. Aber, trotz allem, den wesentlichen Teil der Arbeit hatte er erledigt. Er hatte den Laden aufgemischt. So ein nächtliches Tänzchen würde seine Spuren in der Gegend hinterlassen. Das Leben würde schwer werden für die de Baily de Longuevilles. Man würde sich vielleicht in die Erforschung ihrer seltsamen Aktivitäten vertiefen. Und zu erfahren suchen, wer all diese Flamen, diese Engländer und Spanier waren, die so häufig auf das Anwesen kamen. Sicherlich keine Folkloregruppen.

Gabriel war erschöpft. Einen solchen Tag, den hätte er nicht einmal Gérard gewünscht. Die Beruhigungsmittel und die Amphetamine zeigten fast keine Wirkung mehr. Er spürte, wie aller Schmerz der Welt ihn überkam. Ihm war kalt, und seine Atmung wurde pfeifend.

Also entschied er, ins Hotel zurückzufahren und zu schlafen. Endlich. Morgen war ein anderer Tag.

PULP und die Petze 30

Den Weg nach Dieppe fuhr er wie in einem schlechten Traum. Er sah nicht mehr sehr gut. Als ginge ein milchiger Nieselregen nieder auf die tief schlafende Stadt. Es war mindestens 2 Uhr morgens. Nicht eine lebende Seele war mehr vor der Tür. Nicht mal eine Katze. Auch keine krepierte.

Sein einziger Gedanke war weiß – frische und glatte Laken, ein schön flaches und hartes Bett, und das Rauschen des Meeres ganz nah.

Er stellte den Wagen trotz seiner Müdigkeit weit genug vom Hotel ab. Die grundlegenden Vorsichtsmaßnahmen waren wie Reflexe. Zu Fuß ging er an schlafenden, blinden Fassaden entlang. Zwei oder drei Minuten erkundete er die Umgebung des Hotels. Dann tippte er an der Tür den Code ein, ging zur Rezeption und fand den Schlüssel seines Zimmers nicht.

Vorsorglich nahm er nicht den Fahrstuhl, sondern stieg die drei Etagen hoch, ohne mehr Lärm zu machen als eine Libelle, die sich auf einem seidenen Teppichboden niederläßt. Er blieb eine ganze Weile reglos in dem Flur, der zu seinem Zimmer führte. Dann schlich er sich zur Tür, seine Pistole in der Hand. Die Stille war vollkommen. An der Klinke hing das kleine Schild, das darum bat, nicht zu stören. Ein Killer war da und erwartete ihn. Ein ungeschickter Killer jedoch, der Hinweis auf Hinweis säte, als wollte er Gabriel vor seiner Anwesenheit warnen. Nichts paßte zusammen. Entweder waren diese Typen pervers oder Amateure.

Da er es nicht mehr aushielt, da er hier, mitten auf dem Gang, direkt auf dem Teppich hätte einschlafen können, öffnete Gabriel die Tür mit einem Ruck und hechtete ins Zimmer, die Beretta im Anschlag, schußbereit.

Cécile lag auf dem Bett und drehte sich im Schlaf um. Er sah ihren nackten und blassen Rücken und ihre beiden Hinterbacken, klein wie Orangen. Die Rosinen im Kuchen. Ein Unglück kommt selten allein. Lieber vorbeugen als heilen. Besser den Spatz in der Hand als zwei Kugeln im Knie.

Statt weiter seine Sprichwörter durchzugehen, legte Gabriel seine Jacke ab, näherte sich der jungen Frau, beschnupperte sie. Ihr Schlaf roch gut.

Er zuckte mit den Schultern und zog sich aus, holte sich eine Decke und ein Kissen aus dem Wandschrank, machte es sich auf dem Teppichboden bequem und schlief augenblicklich ein.

Mitten in der Nacht, es war wohl eher schon am frühen Morgen, ein dunkelblauer Schimmer, der vom Meer herkam, erhellte kaum die Haut der Leiber, da weckte die junge Frau ihn auf recht sonderbare Weise: Sie setzte sich auf ihn.

Auf dem Rücken liegend, öffnete Gabriel die Augen und entdeckte über sich das Mädchen, das eine Art XXL-T-Shirt übergestreift hatte. Doch er spürte, daß sie davon abgesehen nackt war. Sie sah ihn an, und der Glanz ihrer Augen drang nur eben durch das Dämmerlicht.

«Es ist doch ganz einfach», flüsterte sie. «Wenn du nicht willst, dann willst du eben nicht. Dann gebe ich mich geschlagen. Wenn du aber willst, dann brauchst du's nicht mal zu sagen ... Ich werd's spüren.»

Gabriel war natürlich ganz gerührt von diesen schlichten Worten. Sie bewegte sich nicht, baute allein auf ihr Gewicht. Mit einer anmutigen Geste zog sie schließlich ihr T-Shirt aus, und er erahnte ihre beiden kleinen, runden und gleichzeitig spitzen Brüste. In seinem Kopf unternahm er wirklich alles, um sich nicht gehenzulassen. Doch versuch mal einer an Bosnien zu denken oder an einen tschetschenischen Zivilisten, der unter der Kette eines Panzers eingeklemmt liegt, wenn er über sich, Nacktheit auf Nacktheit, Haar auf Haar, Fleisch auf Fleisch, eine wunderschöne junge Frau sitzen hat, deren Sommersprossen vom zarten Licht des unaufhaltsam anbrechenden Tages beschienen werden. Und diese winzigen zersplitterten Sterne, diese völlig natürlich auf der Haut klebenden Sandkörnchen, die hatte Cécile wirklich überall, bis hin zu den Spitzen ihrer Brüste. Gabriel dachte – was sein Untergang war – an einen alten Film, **Performance**, in dem eine junge Schauspielerin ebenso viele dieser kleinen Flecken auf der Haut hatte, ebensoviel von dieser weiblichen Möglichkeit, eine Raubkatze zu sein, von dieser ganzen Pantherhaftigkeit. Und das Blut strömte en masse in jenes unter der kleinen weißen Klippe gefangene Vorgebirge. Und die Klippe wußte dies bereits, und Cécile begann glockenhell zu lachen, mit einem leisen, kristallinen, derart transparenten Lachen, einem derart von allen Hintergedanken freien Lachen, daß es eine Lust und nun wirklich soweit war: Die Lust war auf dem richtigen Wege.

Und in den ungestümen Umarmungen, die darauf folgten, obwohl Gabriel von einer quasiväterlichen Sanftheit hatte sein wollen, bewies ihm Cécile, daß sie nicht seine Tochter war und keinerlei Respekt vor diesem Vater da hatte. Was sie taten, war furchtbar und einfach zugleich. Einfach, weil dies nicht der Augenblick war, auch nur irgend etwas zu erfinden; furchtbar, weil die Erregung namenlos war. Gabriel dachte einen Augenblick ohne jede Traurigkeit an Cheryl, deren Körper und Seele er so genau kannte und mit der er, aller Erwartung nach, neue Formen des Reisens noch entdecken würde. Aber hier, da war dieses unglaubliche Mißverhältnis zwischen dem kleinen, nervösen, entschlossenen Körper Céciles und dem seinen, groß, schwer, plötzlich linkisch. Und die Liebkosungen, die er ihr schenkte, erschienen ihm zuerst dürftig, dann hatten sie keinen Namen mehr. Und bei ihr war es ebenso, zuerst traute sie sich noch nicht, aus Angst sicherlich vor dem Unbekannten, der ihr Herz in

Brand setzte. Und dann vergaß sie sich. Sie streifte ihm ein Präservativ über wie eine **grande dame**.

Erfüllt von ihm, begann sie zu strahlen. Ihr Blick fand seinen und hielt ihn fest. Und die vielen tausend kleinen Sommersprossen begannen im Halbdunkel zu leuchten.

Cécile versuchte, von ihm zu erfahren, später, was er gemacht habe, bevor er ins Zimmer gekommen war. Und Gabriel sagte ihr, er habe die ganze Nacht hier, zusammen mit ihr, verbracht, und falls es notwendig werde, müsse sie das auch so sagen. Sie fragte ihn, ob er jemanden getötet habe. Er verneinte und gab zu, daß er es um ein Haar getan hätte. Letztlich aber hätte er nur ein bißchen im Ameisenhaufen herumgestochert. Sie küßte ihn wieder, kampferprobt, lachte über das ganze Gesicht, wollte ihn wie wildgeworden mit ihren kleinen Küssen ersticken. Schon fingen sie wieder an, sich zu umschlingen, und als die Dinge aufs neue ernst wurden, ließ Cécile ihre mädchenhafte Aufgeregtheit fallen und gab sich der Sinnlichkeit hin.

Dann, als helles Tageslicht das Zimmer durchflutete, setzten sie ihr Gespräch fort. Um sie nicht zu belügen, sagte Gabriel ihr schon jetzt, daß er fortgehen würde. Daß er getan habe, was er tun mußte. Der Rest nun würde Bérénice und Frédéric auch nicht wieder zurückbringen.

«Bist du sicher, daß sie nicht Selbstmord begangen haben?»

«Praktisch.»

«Wer hat sie an die Schienen gefesselt?»

«Ich weiß nicht. Irgendein x-beliebiger Handlanger. Ein Auftragskiller. Der höchstwahrscheinlich mittlerweile im Ausland ist ...»

«Jemand, den ihre Eltern engagiert haben?»

«Ich weiß nicht. Das allerdings erscheint mir total wahnsinnig. Eine erzkatholische Mutter kann ihre Tochter doch nicht einfach so auf die Schlachtbank führen ...»

«Hmm ... wir werden sie fragen müssen ...»

«Das ist nicht so einfach, Mädchen.»

Sie küßte ihn erneut, lange, drückte sich dann an ihn, wobei sie sein Geschlecht in ihren kleinen nervösen Händen hielt.

«Ich bin gern bereit zu sagen, daß du hier warst mit mir die ganze Nacht. Aber, als Gegenleistung, werden wir da hochfahren. Und wir werden versuchen, mit Mamá de Longueville zu reden. Es wird nichts passieren. Ich werde als Zeugin dabeisein.»

«Wirst du mich beschützen?» murmelte Gabriel lachend.

«Ja.»

«Wirst du mich decken?»

«Ja.»

«Na, dann leg mal los, trainier schon mal.»

PULP und die Petze 31

Sie kamen gegen 9 Uhr morgens in Varengeville an. Gabriel hatte praktisch kein Auge zugemacht. Na ja, manchmal hatte er sie vor Wonne zugemacht. Er war müde und schaute mit einer Besorgnis zu dem jungen Mädchen neben ihm, das von Zeit zu Zeit seine Hand ergriff und krampfhaft drückte.

«Ich halte dich, ich halte dich ganz fest», hatte sie zu ihm gesagt. «Aber ich werde dich nicht zurückhalten. So blöd bin ich nicht, hab keine Angst.»

«Ich habe keine Angst vor dir, Cécile.»

«Also, und wie heißt du jetzt gleich?»

«Jérôme. Jérôme Le Prieur.»

Sie parkten den Twingo in der Nähe einer Kreuzung mit Blumenrabatte. Es war ratsamer, nicht zu sehr auf sich aufmerksam zu machen. Gabriel vermutete, daß nach dem Feuerwerk der letzten Nacht im Hause de Longueville alles drunter und drüber gehen würde. Auch die vielgerühmte vorteilbringende Ruhe des kleinen Fleckens dürfte einen herben Rückschlag erlitten haben.

Und tatsächlich, als sie in die Straße einbogen, die zum Anwesen führte, entdeckten sie eine ganze Reihe blauer Fahrzeuge, von einem Blau, nicht ganz wie das Meer, sondern etwas dunkler, das nach Kavallerie, Armee und Gendarmen riecht. Die Nachbarn hatten sich wahrscheinlich beschwert und bezeugt und behauptet, daß Autos, die mitten in der Nacht explodieren, Maschinengewehrsalven und ein Kommen und Gehen zur Unzeit, um 3 Uhr in der Früh, nun wahrhaftig weder nach dem Ende einer Bridgepartie aussahen noch nach den obligatorischen Auflösungserscheinungen eines Familienfestes, Marke Erstkommunion oder Geburtstag von Opi.

Sich noch immer an der Hand haltend, traten sie näher. Ein paar Gaffer in Lacoste-Hemden standen herum, die den Aufruhr nicht verpassen wollten, der den sagenumwobenen Frieden des Dorfes störte, aber nicht viele – ist ja häßlich, die Dame so anzustarren. Einige ganz gewöhnliche Wagen parkten unweit vom Portal, und auf einem sah Gabriel einen Aufkleber der **Informations Dieppoises**, des lokalen Käseblatts, auf der Heckscheibe kleben.

Er ließ Céciles Hand los.

«Das ist nicht der Augenblick, um dein Foto in euerm Wurstblatt da wiederzufinden, unter der Rubrik ‹Was machen unsere Prinzessinnen?› ...»

«Das ist mir völlig schnurz», lachte sie, mit diesem etwas helleren Lachen als gewöhnlich. «Ich habe nichts zu verbergen. Unsere Liebe kann ruhig ans Licht kommen.»

«Mach keinen Scheiß, Cécile. Ich hab keine Lust, alle Punks von Dieppe an den Hacken zu haben ...»

Die Wagen der Gendarmerie fuhren schließlich einer nach dem anderen davon.

Das Portal des Anwesens stand weit offen.

Gabriel sah, daß reger Betrieb war auf der Freitreppe. Er erspähte sogar Esposito, der sein Gerippe mit bewundernswertem Temperament durch die Gegend trug, als ob er Ambosse herumschleppte. Doch er konnte niemanden entdecken, der einem Besucher vom Vorabend ähnlich sah. Auch Kinder waren zu sehen, recht große, zweifellos die Geschwister von Bérénice. Er bemerkte Madame de Longueville im Garten, in lebhafter Unterhaltung mit einem höheren Uniformierten und zwei Typen in Zivil. Mit Sicherheit Typen der **RG**. Gabriel besaß das unglaubliche Talent, sie sofort zu erkennen, diese unwahrscheinlichen Spione, weswegen es ihn letztlich bis heute noch gab. Ein Nichts, ein Blick, ein leichtes Zuviel an Bemühtheit, eine Frage, die ein wenig zu weit geht, ein Hauch Aufdringlichkeit oder aber dieser Hang zur leicht deplazierten Provokation, all das zusammen, das roch nach normalem V-Mann. In diesem besonderen Fall lag es eher an den Klamotten, als ob diese Typen niemals eine Arbeitskluft trügen, in der sie sich wohl fühlten.

Mamá de Longueville wirkte ziemlich verärgert und reserviert, à la Was erlauben Sie sich! Sie werden schon sehen, was Sie davon haben! Mein Mann hat Verbindungen ... Doch selbst von weitem spürte man ihre Unruhe. Und die Polizisten zeigten eine Spur weniger Respekt als sonst solchen Leuten gegenüber.

Gabriel und Cécile beobachteten eine ganze Weile dieses eigenartige Ballett, aber es war schon das Ende des Spektakels. Sie konnten nichts Neues entdecken, keinerlei Hinweis. Außer, daß Monsieur de Longueville nie ins Spiel kam. Wo war er nur, dieser Clown? Seine Frau durfte sich allein mit dem ganzen Mist rumschlagen. Eine Schande, bei einem Ehepaar, das sich derart einig war.

Und schließlich – normal – wurde man doch auf sie aufmerksam. Ein Mann eilte mit raumgreifenden Schritten auf sie zu. Einen kurzen Augenblick dachte Gabriel daran, sich zu verpissen, erkannte dann aber den Redakteur der **Vigie**, des

Lokalblatts. Es war der, den er befragt und dem er die Kopie des Abschiedsbriefs der beiden jugendlichen Selbstmörder geklaut hatte. Der würde ihn bestimmt zur Rechenschaft ziehen, und bei den vielen Bullen hier überall kam es absolut nicht in Frage, sich mit einem Schlag ins Gesicht von ihm zu verabschieden.

Aber nein, der Typ lächelte von einem Ohr zum andern. Er schaute Cécile an und fragte sich kurz, was er aus dieser eigenartigen Verbindung des CNRS zur jungen gymnasialen Elite wohl herausholen könnte ...

«Aaah, Monsieur Waxman!»

«Wajman ... Jérôme Wajman. Darf ich Ihnen Cécile vorstellen, eine Freundin von Bérénice ...»

Cécile blickte Gabriel von der Seite an, schwankte, ob sie in einen Lachkrampf oder in Schluchzen ausbrechen sollte, und entschied sich, ihr Gesicht vollkommen auszuknipsen und drei Schritte beiseite zu treten.

Der Typ war völlig aufgeregt, diese Riesenaffäre, und in seinem Zuständigkeitsbereich. Endlich was Blutiges. Was Reales. Was Internationales.

«Sicher, das interessiert Sie nicht, das fällt wirklich nicht in Ihr Gebiet, aber es ist unglaublich, was sich alles plötzlich hier abspielt ...»

«Aber was hat sich denn überhaupt abgespielt?»

«Oh, das ist unglaublich. Gestern ist ein Anti-Abtreibungskommando ins Krankenhaus eingedrungen. Madame de Longueville ist mehr oder minder involviert. Mehrere Mitglieder dieser Fanatiker gehören den verschiedenen Vereinigungen an, die sie leitet. Es wurden mehrere Klagen erhoben. Das wird knallen im Karton. Und dann haben sich heute nacht merkwürdige Dinge abgespielt, Schüsse, eine Explosion, Tohuwabohu. Die Nachbarn haben augenblicklich die Behörden benachrichtigt. Protestanten zweifelsohne, die nur allzugern ...»

«Wieso meinen Sie ...»

«Ach, wissen Sie, in Varengeville, da finden richtige Grabenkämpfe statt. Die de Baily de Longueville sind ziemlich fundamentalistische Katholiken. Und dann gibt es noch eine recht mächtige protestantische Elite. Das Edikt von Nantes ist nie wirklich bis über die Klippen gekommen ...»

«Wirklich fesselnd, das Provinzleben. So was haben wir in Paris nicht.»

Aus den Augenwinkeln sah Gabriel, wie Cécile sich umdrehte, wahrscheinlich, um einen Lachanfall zu unterdrücken.

«Die Gendarmen verraten nicht viel, oder sie lassen ihre Informationen nur tröpfchenweise fallen. Da ich einige aber gut kenne, habe ich doch etwas erfahren können. Eine Untersuchung wird eingeleitet, und ein paar Typen sind auf der Straße gestoppt worden, Ausländer, von rechtsradikalen Parteien. Monsieur de Longueville wird im Augenblick zu dieser Sache vernommen. Es soll angeblich ein, wie sagt man, umstürzlerisches Treffen hier stattgefunden haben.»

«Das ist ja unglaublich ...»

«Tjaa, Flamen von den ‹Vlaamsch sowieso›, ich weiß nicht mehr, und auch irgendwelche Engländer ... Aber ich sag das jetzt so, niemand weiß wirklich Bescheid ...»

«Sie haben eben was von Schüssen gesagt», griff Cécile ein. «Wer hat denn da auf wen geschossen?»

«Aaah! Das weiß ich nicht», antwortete der Journalist. «Das weiß man nicht. Niemand weiß das. Alles, was man weiß, ist, hinterm Haus gibt es überall Einschläge von großkalibrigen Kugeln. Ich habe sie gesehen, also ...»

Cécile sah Gabriel plötzlich ganz intensiv an, gerade so, als erschiene er ihr in einem neuen Licht, unter einer anderen Mütze, als würde sie sich jäh bewußt, daß sie mit einer Art Terminator gebumst hatte.

«Na ja, so weit, so gut», brummelte der Redakteur vor sich

hin. «Aber ich muß jetzt gehen und einen Artikel schreiben, der beruhigt und beunruhigt, verbirgt und enthüllt, der unterhaltsam und irritierend ist, und alles gleichzeitig. Da wirst du bekloppt.»

«Na dann, frohes Schaffen!»

«Ja, ja. Oh, Sie natürlich, vom CNRS ... Beamte, klar, Forscher, festangestellte Wissenschaftler ...»

Und der Typ ging fluchend zu seinem Wagen zurück.

Cécile musterte Gabriel und prustete los.

«Jetzt auch noch beim CNRS ...»

«Jaa, ist gut ...»

«Jérôme Le Prieur, das ist mal ein Name ...»

Gabriel antwortete ihr nicht. Er starrte gebannt durch das noch immer weit geöffnete Portal, auf den von Buchsbaumhecken und Spiersträuchern gesäumten Weg, der zu dem großen Haus aus hellrotem Backstein führte. Und auf die Frau im grauen Kostüm, die über blassem Kies auf ihn zukam wie in einem Traum. Das Gesicht ihm zugewandt.

«Geh und warte im Wagen auf mich», stieß Gabriel zwischen den Zähnen hervor.

«Eher krepieren.»

«Cécile, wart im Wagen auf mich, oder ich hau dir eins aufs Maul.»

Der jäh umgeschlagene Ton, kalt, hart, wie Peitschenhiebe knallten die Silben, beeindruckte das Mädchen. Sie wich zurück, als sie sah, wie Madame de Longueville vor dem Portal stehenblieb und Gabriel mit ihrem Blick festnagelte, der auf der anderen Straßenseite den ausgekochten Gauner gab. Sie studierten sich lange, einfach so, fast eine Minute. Als ob sie sich gerade wiedererkannt hätten. Als ob alles sich durch diese Begegnung entscheiden müßte. Es war Gabriel, der sich dazu durchrang, dieses Eis, das sich jederzeit in einen Spiegel verwandeln konnte, zu brechen. Er überquerte die Straße. Das Gesicht von Madame Yvonne de Baily de Longueville war weiß, kreidebleich. Ihre Augen unter der hohen Stirn traten um so deutlicher hervor. Der Blick aber war weiterhin hart und entschlossen.

«Ich weiß nicht, Monsieur Le Prieur, welchen Part Sie in dieser üblen Affäre spielen, die uns zerstören soll, uns und unsere Familie.»

«Mein Part?»

«Hören Sie. Sie kommen hierher und beleidigen mich in meinem eigenen Haus. Außerdem weiß ich, und ich möchte Sie bitten, mir nicht zu widersprechen, daß Sie im Krankenhaus waren, als die Lebensschützer dort einschritten. Das ist viel. Zuviel. Was wollen Sie, Monsieur ... ich weiß nicht mal wer?»

«Ich will wissen, wer den Selbstmord Ihrer Tochter Bérénice und ihres Freundes Frédéric verübt hat.»

«Aber wozu? Und außerdem, Sie sind verrückt ... Verrückt zu glauben, irgend jemand hätte etwas derart Monströses tun können.»

«Ja. So verrückt zu denken, daß es jemand war, den Sie kennen und der Sie kennt.»

«Sie sind krank.»

«Ihre Tochter war schwanger.»

«Glauben Sie denn, mir als Mutter wäre das verborgen geblieben?»

«Aber sie wollte abtreiben, und das, das war nun wirklich nicht Ihr Ding ...»

«Sie haben recht. Ich habe alles getan, damit sie nicht abtreibt und damit sie unserer Familie ein weiteres Kind zuführt, das genauso herzlich aufgenommen worden wäre wie die anderen ...»

«Die Art und Weise, wie Sie das sagen, ist abscheulich. Genauso herzlich aufgenommen ...»

«Wie dem auch sei, die Frage stellt sich jetzt nicht mehr. Es ist mir nicht gelungen, sie zu überzeugen, und ich habe ihr meine Erlaubnis gegeben, sich einen Termin im Krankenhaus geben zu lassen. Das kann jeder nachprüfen.»

Gabriel musterte sie lange.

«Madame de Longueville. Man hat Ihre Tochter ermordet.»

«Auf Wiedersehen, Monsieur Drecksschnüffler.»

«Sie haben Ihrer Tochter Ihre Erlaubnis gegeben und gleichzeitig für denselben Tag eine Aktion im Krankenhaus organisiert. In der Hoffnung, auf diese Weise einen medizinischen Eingriff verhindern zu können, den Sie radikal ablehnen. Und da Ihre Schergen sogar bereit sind, dafür in den Knast zu wandern ...»

«Sie sind vollkommen schwachsinnig. Meine Tochter hat eine Woche davor Selbstmord begangen.»

«Dann hören Sie mir jetzt mal zu. Sie haben Ihrer Tochter die Erlaubnis nicht aus Herzensgüte gewährt, sondern weil sie Sie erpreßt hat. Für den Fall, daß Sie ihr diese legitime Freiheit nicht zugestehen wollten, hat sie Ihnen gedroht. Sie hat gedroht, ihre Freunde, militante Chaoten, wie Sie sie nennen, auf die feinen Landpartien aufmerksam zu machen, die Sie mit der Crème de la Crème der extremen Rechten Europas auf ihrem schönen ruhigen Anwesen veranstalten. Also haben Sie nachgegeben und dabei in Ihrem kleinen Schlampenschädel gehofft, eine Aktion wie die von neulich könnte das verhindern, was Sie als Verbrechen betrachten.»

Gabriel stellte fest, daß ihr die Lider flatterten.

«Nach dem Selbstmord war es unmöglich, die Anti-Abtreibungs-Operation noch zu verschieben. Ihre Truppen hätten das nicht verstanden. Wahrscheinlich war denen nicht mal bekannt, daß Ihre Tochter eine der Patientinnen gewesen wäre, bis dahin kein Problem. Ich weiß, daß das stimmt. Bis dahin besteht für Sie kein großes Risiko ...»

«Da ist der reinste Wahn.»

«*Pardon*, das ist *Ihr* Wahn. Ich fahre fort. Ab hier jedoch weiß ich nicht mehr, welche Rolle Sie spielen, Madame.»

«Was wollen Sie damit sagen?»

«Nun, Bérénice hatte vor, entgegen der mit Ihnen getroffenen Abmachung, die Aktivitäten in Ihrem Hause dennoch aufzudecken, und zwar sobald sie ihren kleinen Eingriff hinter sich gebracht hätte. Aus familiärer Rache. Aus Haß auf das, was Sie denken. Aus Haß auf das, was Sie sehr wahrscheinlich im Begriff waren zu tun oder aufzubauen. Das weiß ich von ihrem Mittelsmann zur Presse. Jemand von **Scalp** ...»

Yvonne de Longueville war blasser als eine Leiche geworden. Wie ein Cowboy, wenn er nur das Wort Skalp hört. Sie ahnte mit einem Schlag, was Gabriel auch nicht hundertprozentig wußte. Ein Großteil ihrer Welt stürzte um sie herum ein.

«Jemand hat das erfahren. Jemand, der zu den sauberen Leuten gehört, die bei Ihnen ein und aus gehen. Meiner Meinung nach muß es einen Verräter bei **Scalp** geben. Oder irgend etwas ist durchgesickert. Und so hat man den Befehl gegeben, dafür zu sorgen, daß Bérénice und Frédéric nicht reden.»

«Das ist unmöglich.»

«Das waren zweifellos nicht Sie selbst ... Doch Sie müßten wissen, wer.»

Gabriel sah, wie sie noch weißer wurde. Sie wurde zu glattem, glänzendem Schnee. In ihren weit aufgerissenen Augen glaubte er Schatten vorüberhuschen zu sehen. Sie hatte lautlos zu weinen begonnen. Sie rang die Hände. Sie war mindestens um fünf Zentimeter geschrumpft. Diese Mutter hatte bis jetzt geglaubt, daß ihre Tochter Selbstmord begangen hatte, auch wenn dies völlig unbegreiflich war, und hatte soeben erkannt, wer den Befehl erteilt haben konnte, sie zu töten. Und Gabriel wußte, daß sie und er an dieselbe Person dachten. Und das war ihr unerträglich. Ein Vater konnte doch nicht den Befehl geben, seine eigene Tochter zu töten ...

«Meiner Meinung nach», fuhr Gabriel gewichtig fort, um den Nagel vollends einzuschlagen, «dürfte dies leicht zu beweisen sein.»

Sie weinte lange und schaute Gabriel dabei in die Augen. Sie wußte, Gabriel war das fast egal. Das Unheil war angerichtet, und von nun an würde die Entropie in dieser Scheißfamilie ihr Werk tun. Bodenlose, grenzenlose Verzweiflung stand dieser Großbürgerin im Gesicht. Gabriel streßte das. So was mochte er nicht. Er wußte nicht recht, wie er sich aus der Affäre ziehen sollte.

«Zweihunderttausend Francs. Das ist alles, was ich bieten kann.»

Hätte sie «Es lebe Bakunin!» geschrien, er wäre nicht überraschter gewesen. Sie reagierte genau als das Dreckstück, das sie war. Das hieß, alles mußte innerhalb der Familie bleiben, nichts davon durfte ans Licht kommen. Das hieß, daß sie für Gabriels Zukunft sorgte. Eine Zukunft, die nach Selbstmord mit einer Kugel im Rücken roch. Und gleich würde sie mit ihm über die Bedingungen reden, wie ihm diese Summe ausgehändigt werden sollte. Dann würde eine Armee langer Messer zur Stelle sein, um ihn in Stücke zu säbeln. Er mußte auf Zeit spielen.

«Zweihundert Riesen für mein Schweigen. Ich habe also recht.»

«Zweihunderttausend, fürs erste. Danach werden wir weitersehen. Sie müssen mir Zeit lassen. Ich habe noch Kinder, die ihre Mutter brauchen.»

«Kennen Sie die **Huîtrière**? In Pourville?»

«Ja.»

«Heute abend, 19 Uhr. Aber ich warne Sie, ich werde nicht allein sein. Also keine Sperenzchen.»

«Einverstanden.»

Und ohne ein weiteres Wort machte sie auf ihren flachen Absätzen kehrt und ging zum trauten Heim zurück. Gabriel lief zum Twingo, in dem eine grimmige Cécile auf ihn wartete.

«Also», legte Gabriel direkt los, «das Ganze riecht äußerst übel. Ich werde dich jetzt nach Dieppe fahren, und du wirst den ganzen Tag, den ganzen Abend und die ganze Nacht mit deinen Heulern verbringen. Du rührst dich nicht von der Stelle. Dein Leben hängt davon ab.»

«Aber ...»

«Es gibt kein Aber, Cécile, diesmal ist es wirklich ernst. Du machst dein kleines Mäulchen zu und gehorchst. Das wird dir das Leben retten!»

Er hatte offenbar den richtigen Tonfall getroffen, da sie ihn anstarrte, jäh in Panik.

PULP und die Petze 32

Gabriel fuhr Cécile nach Dieppe **zur Garage.** Er fuhr wie ein Bekloppter. Cécile klammerte sich am Armaturenbrett fest. Bevor sie ausstieg, sah sie ihn an, den Tränen nahe.

«So ist das eben, das Erwachsenenleben», sagte er zu ihr.

«Das ist wirklich Scheiße, das Erwachsenenleben ... Darf ich dich trotzdem ein letztes Mal küssen? Und beiß mir in die Zunge, damit mir wenigstens etwas von dir bleibt. **Too young to love.**»

«**Too young to love me. Little Bob Story.**»

«**Rock and roll.**»

PULP und die Petze 33

Gabriel raste **zum Hotel und versuchte,** nicht an das Mädchen zu denken. Ein Blues, ordentlich kratzig, mit einem Kerl, der am Straßenrand hockt und auf den Lastwagen wartet, der niemals kommt. So war das. Und dann ist da immer diese säuerliche, kleine Akkordeonmelodie, die von fern herüberweht. Er packte seine Sachen zusammen, wischte überall die Fingerabdrücke ab, bezahlte seine Rechnung, nahm seinen Personalausweis und verbrannte ihn am Strand. Dann streckte er sich mitten auf den Kieseln aus. So würde er die Typen von weitem kommen sehen. Zwei Vorsichtsmaßnahmen waren besser als eine. Und seine Angreifer, die kannte er ja nicht. Vielleicht wären es **Flics**, denn er konnte nicht ermessen, wie weit der Arm von Monsieur de Longueville tatsächlich reichte. Oder angemietete Killer. Es würde ihn allerdings wundern, wenn die, in Bermudas und Badelatschen, mit dem Surfbrett auf der Schulter, plötzlich an den Strand geschneit kämen.

Er blieb mehrere Stunden so liegen. Sich in der Sonne wärmend. Alles wiederkäuend. Dösend, mit einem Auge das Kommen und Gehen der Strandwächter, der seltenen Touristen, der wenigen Spaziergänger überwachend. Er ruhte sich aus, machte sich innerlich völlig leer.

Gegen 17 Uhr 30 ging er am Hafen ein Bier trinken. Ein Weißbier. Um den Kreis zu schließen, denn er erinnerte sich, daß er in dieser Stadt so angefangen hatte. Und dann rief er Cheryl an und hinterließ auf ihrem Anrufbeantworter die üblichen Plänkeleien sowie den Code, der besagte, daß alles in Ordnung sei. Anschließend suchte er nach einem Geschäft für Jagd- und Angelbedarf und kaufte eine doppelläufige Jagdflinte und eine Schachtel grobe Schrotpatronen.

In aller Ruhe und nunmehr sicher, daß ihn niemand verfolgte, nahm er wieder seinen Wagen und machte sich auf den Weg nach Pourville. Dort parkte er die Kröte in der richtigen Fahrtrichtung, legte den ersten Gang ein, schlug das Lenkrad stark ein für ein ultraschnelles Ausscheren und ließ beide Türen unverschlossen. Er klemmte sich die Beretta unter die Jacke, setzte seine Mütze auf und betrat die **Huîtrière**. Vier Tische waren besetzt. Das war gut. Die Ankömmlinge würden mit eventuellen Zeugen rechnen müssen. Er nahm noch ein Bier. Ein Kronenbourg. Im Gedenken an die **Phoques.**

Um 19 Uhr 5 kam ein Typ herein mit einer Aktentasche aus Skai in der Hand. Groß, schmal, dunkel gewandet, mit einem Anzug wie in amerikanischen B-Movies. Gabriel, der an einem Tisch saß, zog die Beretta und legte sie unter dem Tisch auf seine Knie. Der Typ ließ den Blick durch den Raum schweifen und kam direkt auf ihn zu. Geschmeidiger Gang. Zu geschmeidig. Nicht der Kerl, der einen hinterhältigen Coup vorhat. Die Gefahr würde sicherlich woanders lauern.

«Monsieur Le Prieur?»

«Treten Sie einen Meter nach links, von Ihnen aus gesehen, legen Sie das Köfferchen auf den Tisch und falten Sie die Hände. So, als würden Sie beten.»

Der Typ folgte den Anordnungen sofort, als Gabriel die Beretta hervorholte und im toten Winkel, den das große Gestell des Schergen bildete, auf den Tisch legte. Mit einer Hand öffnete er die Aktentasche und sah die Scheine.

«Ich vertraue Ihnen. Gute Scheine, und die Summe wird auch stimmen.»

«Das weiß ich nicht, Monsieur.»

«Das wissen Sie nicht. Das ist ziemlich weise von Ihnen. Jetzt werde ich aufstehen, Sie werden sich hinsetzen, ich werde Ihnen ein Getränk bestellen. Beispielsweise einen Tee, ja genau, einen Tee. Sie werden ihn schön gemütlich austrinken und dann die Rechnung bezahlen. In zirka zehn Minuten werden Sie wieder gehen.»

«Sehr wohl, Monsieur.»

«Sie sind ja richtig formvollendet, Sie. Das macht Freude.»

«Dafür werde ich bezahlt.»

«Sie reden bloß zuviel. Passen Sie auf.»

Gabriel erhob sich. Als er an der Theke vorbeikam, bestellte er einen Tee mit Milch für den Monsieur in Schwarz dahinten am Tisch, der auch alles bezahlen würde.

Er verließ das Gebäude, blickte sich nach allen Seiten um. Autos. Nichts, was besondere Aufmerksamkeit erregte. Er lief über die Straße, sprang in den Twingo und fuhr los wie in den Fernsehkrimis.

Richtung Petit-Abbeville, Arques-la-Bataille und Paris. Mit einer Hand wühlte er im Aktenkoffer, holte Scheine heraus, zerknitterte sie, beschnupperte sie, es schien kein Falschgeld zu sein. Die hatten sich mit Sicherheit ein saftiges Skonto gegönnt, es würde ihn wirklich wundern, wenn die gesamten zweihundert Riesen drin wären. Aber gut.

Er fuhr langsam, das Auge wachsam, den Blick häufig forschend im Rückspiegel. Er beobachtete jeden Wagen, jede dicke Kiste genau, die mit hoher Geschwindigkeit aufholte. Er glaubte, mehrere Male denselben grauen Citroën CX zu sehen, der, den Zufällen des Verkehrs, den Kreuzungen und Abzweigungen folgend, auftauchte und wieder verschwand. Da war auch ein roter Honda, den er mehrfach zu erspähen glaubte. Doch die beiden Wagen verschwanden in dem Moment wieder, als Gabriel sich sagte, jetzt ist es soweit, da sind sie. Gleichwohl erkannte er, daß diese kleinen Warnschüsse abwechselnd, regelmäßig auftraten, und wurde sich bewußt, daß es durchaus noch mehr Verfolgerautos geben konnte. Das war nicht der richtige Augenblick, um paranoid zu werden. Es war noch immer Tag und der Verkehr in Richtung Paris relativ stark. Also sagte er sich, daß seine Angreifer, sofern er tatsächlich verfolgt wurde, eine ruhigere Straße, ein Waldstück, irgend etwas in der Art, abwarten würden. Oder aber man würde sich bis nach Paris an ihn dranhängen, um ein bißchen auszukundschaften, wo seine Ausgangsbasis lag. Und das, das kam überhaupt nicht in Frage.

Er fuhr langsamer. Er überschritt die 70 nicht, erntete Gehupe und Geschimpfe von den Freaks des guten Schnitts. Sollten sie doch krepieren.

Das ging eine ganze Weile so weiter. Er ließ die merkwürdige Stadt Forges-les-Eaux hinter sich, mit einem Casino, das verloren auf freiem Feld stand, und gewaltigen, blitzsauberen, toten, düsteren Straßen. Er fuhr durch eine große, belebte Stadt, Gournay-en-Bray, deren Namen er noch nie gehört hatte. Den CX und den Honda sah er mehrfach wieder. Er war sich so gut wie sicher, daß in diesen beiden Karren Leute für ihn saßen, Leute, die an ihn dachten. Er war jedenfalls bereit. Die Beretta lag geduldig auf dem Vordersitz unter dem Aktenkoffer. Das Jagdgewehr, mit zwei Schrotpatronen geladen, war in Reichweite, zwischen den beiden Sitzen.

Er bog ab in Richtung Gisors, auf einmal war deutlich weniger Verkehr, weil viele Fahrzeuge die Tangente nach Beauvais nahmen. Eine lange gewundene Straße durchzog eines der grünen Täler des Département Oise. Ein riesiges Burggehöft zur Linken, ziemlich tote Straßendörfer. Was machen die Leute nur, die hier leben? Eine Eisenbahnstrecke, die an der Landstraße entlanglief, bisweilen recht nah, ein andermal höher gelegen auf einem Damm und oft am gegenüberliegenden Hang des kleinen Tals.

Da bemerkte Gabriel, kaum hundert Meter hinter ihm, den Honda und den CX. Und diesmal gab's kein Entrinnen, die Schlußphase war eingeleitet. Er ließ die Seitenscheiben beider Türen herunter, reduzierte zunächst ganz allmählich das Tempo, als er sah, daß die Straße vor ihm frei und fast kein Auto mehr unterwegs war, trat dann voll aufs Gas und wurde wieder langsamer. Die anderen Wagen taten es ihm annähernd gleich, doch jedesmal, wenn er die Geschwindigkeit verringerte, rückten sie ein wenig näher auf. In dem CX saßen zwei Männer, aber nur ein einziger Fahrer im Honda. Er mußte sich also den ersten Wagen so schnell wie möglich vom Hals schaffen. Er drückte das Gaspedal durch. Sobald seine Verfolger, die ebenfalls voll Stoff beschleunigten, sich ungefähr dreißig Meter hinter ihm hielten, stieg er in die Eisen, schleuderte über die Fahrbahn und kam auf der linken

Straßenseite zum Stehen, wo eine kleine steile Teerstraße abzweigte. Der CX bretterte, obwohl er hart abbremste, rechts am Twingo vorbei. Gabriel gab zwei Schüsse mit dem Jagdgewehr ab. Die Front des CX wurde von Einschlägen übersät, der Vorderreifen platzte, der dicke Wagen schmierte weg und raste auf den Straßengraben zu. Gabriel fuhr sofort wieder los, mit heulendem Motor den schmalen Weg hinauf. Bevor er unter einer kleinen Brücke durchkam, sah er noch, wie der Honda dieselbe Richtung einschlug. Durchdrehende Reifen auf Splitt. Er fuhr den steilen Weg noch zirka hundert Meter weiter. Hinter sich sah er nichts mehr, nur noch Staub, der in weißen und grauen Wolken aufwirbelte.

Alles war ganz einfach. In Wahrheit spielte sich nichts wirklich so ab wie im Film mit Tontaubenschießen und kunstvollen Karambolagen. Man mußte sich dessen, was man tat, einfach nur sehr sicher sein. Als der Weg abrupt nach rechts abging, latschte Gabriel mit ganzer Kraft auf die Bremse, packte seine Beretta und sprang wie der Teufel aus seinem Wagen. Von der Karosserie geschützt, die Knie gebeugt, seine Waffe fest in beiden Händen, mußte er nur zwei Sekunden warten, bis er durch den Staub die Schnauze des Honda erblickte. Doch ein Typ, der ein Lenkrad hält und zur gleichen Zeit bremst, ist verwundbar. Gabriel schoß dreimal durch die Windschutzscheibe auf den Fahrer.

Der bewegte sich leicht, doch dann war es still. Man hörte nur noch das Knacken von Blech und Hundegebell aus ziemlicher Ferne. Nirgendwo ein Haus im ganzen Umkreis.

Er näherte sich dem Wagen und sah – den Kopf hintüber auf die Rücklehne des Sitzes gelegt – den rothaarigen Mann. Er trug nicht sein grünes Blouson, sondern ein rosa Hemd. Blut, das langsam den Hals heruntersickerte, färbte es rot.

Gabriel blickte sich um. Der Weg verlief unterhalb eines Abhangs. Da begriff er, daß er an einem Bahndamm stand.

Am Ausgangspunkt angelangt. Er öffnete die Tür des Honda, der Typ sackte auf die Erde, in der Hand einen schweren Revolver, eine Magnum Manurhin. Er zog den Zündschlüssel ab. Im Kofferraum lagen ein paar belanglose Sachen, aber auch zwei schwere Motorradschlösser. Gabriel schauderte. Klar, er würde es nie mit Sicherheit wissen, aber dieser Typ war bestimmt derjenige, der das mit Bérénice und Frédéric erledigt hatte. Er beugte sich über ihn, das Herz schlug nicht mehr.

Gabriel schaute sich um, murmelte vor sich hin. Noch immer niemand zu sehen. Das Département Oise eben – öde, verödet. Keuchend und mühsam, wegen seiner schmerzenden Hüfte, schleifte er die Leiche des Typs auf den Bahndamm und legte ihn quer auf die Schienen. Die Strecke war nicht elektrifiziert, pro Tag würden hier vielleicht zwei, drei Züge durchkommen. Das war nicht schlimm. Man würde ja sehen, was morgen in der Zeitung stand. Gérard würde es mit metaphysischen Betrachtungen quittieren.

Er kletterte hastig den hohen Bahndamm hinunter, stieg wieder in den Twingo und brauste davon. Zweihundert Meter weiter, in einem kleinen verschlafenen Dorf, stieß er wieder auf die **Route Nationale.**

Er zitterte und brauchte eine gute halbe Stunde, bis er sich beruhigt hatte. Als er durch ein Kaff namens Sérifontaine fuhr, hatte er seinen normalen Adrenalinspiegel wiedererlangt. So hielt er an, um den Inhalt des Köfferchens genauer zu prüfen. Bald erschien Zeitungspapier unter den Geldscheinen. Er zählte nach, es waren etwas weniger als sechzigtausend Francs. Ein Jammer. Aber gut.

PULP und die Petze 34

Drei Tage später hielt Gabriel **mit seinem** Twingo am Eingang des kleinen Flughafens von Moisselles. Er stieg aus dem Fahrzeug und begutachtete den Zustand der von Schlamm völlig verdreckten Karosserie: Zwei oder drei Macken in der Beifahrertür, Schrammen beinahe überall und ein Auspufftopf, der seinen heulenden Geist aufgegeben hatte. Fahr doch bei **Speedy** vorbei, hatte Gérard ihm geraten. Er zuckte mit den Schultern und ging auf den Hangar zu, der der Startbahn am nächsten lag.

Das große stählerne Schiebetor stand offen. Es war schönes Wetter, und die Sonne erhitzte allmählich die Bleche. Er ging an einer ganzen Galerie kleiner moderner Flugzeuge vorüber, um die herum, von schnatternden, beringten Gattinnen flankiert, ein paar Geschäftsführer örtlicher Großmärkte wuselten. Gabriel hatte Lust, einen oder zwei von ihnen zu massakrieren, hielt sich aber zurück und trabte zum Hangar.

Er fühlte sich erholt. Die Nacht mit Cheryl war ziemlich friedlich gewesen. Wenn sie ihn wiederbekam, ihren Mann, hatte sie ein größeres Bedürfnis nach Zärtlichkeit als nach Sport.

Gabriel betrat den hohen, überheizten Hangar. Zwei zerlegte Mühlen hatten, Seite an Seite, ihre metallischen Eingeweide ausgekotzt. Die Teile lagen ordentlich, in der Reihenfolge ihrer Demontage, auf Wachstuchplanen. Ein Mechaniker in knallrotem Overall machte sich an einer bereits betagten **Morane Saulnier** zu schaffen. Der ganze Oberkörper steckte im Motor. Gabriel ging leise zu ihm hin, atmete tief den ganz besonderen Duft von Flugzeugöl ein. Es roch deutlich schwerer als das von Autos, geradeso als hätte man Kräuter der Provence, Koriander oder Kurkuma hinzugefügt, als wäre speziell dieses Öl aus gutem Grund heiß geworden. Gabriel kitzelte den Mechaniker an den Rippen. Der machte einen Satz und stieß sich die Birne am Gehäuse.

«Verdammter Scheiß, was ... ah! Gabriel ... Das hat mir gerade noch gefehlt.»

«Das ist mal 'ne herzliche Begrüßung! Wie angenehm. Salut, Raymond.»

«Salut, Kriechtier.»

Gabriel hätte das als die schlimmste Beleidigung für jeden Flugzeugliebhaber auffassen können. Aber nein, er besaß ja tatsächlich keinen Pilotenschein. Er hatte sich nie dazu durchringen können, ihn zu machen, nahm es sich aber fest vor, wenn sein Flugzeug, sein eigenes, sein Ding, erst einmal instandgesetzt wäre. Was sicher nicht in allernächster Zeit der Fall war. Er hatte es vor fünf Jahren in Spanien, zwanzig Kilometer von Lérida entfernt, in einer Scheune gefunden. Gabriel hatte sich damals gerade mit ein paar Stierzüchtern in der Wolle gehabt. Und auf der Suche nach einem Ort, wo er verschnaufen, schlafen und seine Wunden lecken konnte, hatte er sein ziemlich zerschlagenes Gerippe in eine Scheune aus Lehmstein geschleppt. Und dort, hinter unförmigen Haufen staubigen Strohs, hatte er die Maschine entdeckt. Er hatte augenblicklich erkannt, daß es eine Polikarpov war, jenes kleine und bauchige Propellerflugzeug, das er in all den Wochenschaustreifen über den Spanischen Bürgerkrieg gesehen hatte. Das Flugzeug der Republikaner, das Malraux vielleicht mit der Hand gestreichelt und dessen charakteristisches Motorengeräusch Durruti wohl mehrere Male zu hören gehofft hatte. Diese kleine, wendige und kräftige Mühle machte nämlich einen solchen Krach, daß die Republikaner sie *la mosca*, die Mücke, nannten, die beschissenen Faschisten aber *la rata*. Drei Monate später war Gabriel mit einem Sattelschlepper mit Ladekran zurückgekehrt und hatte die Maschine für teures Geld gekauft – der katalanische Bauer hatte Schwierigkeiten gehabt, sich von dem mythischen Gerippe zu trennen. Das Ganze hatte er schließlich zum Flugplatz von Moisselles geschafft. Dort wirkte unter anderem Raymond, ein Mechaniker vom alten Schlag, der, als Ruhmestitel, in der Gegend von Sisteron eine **Aeromacchi** und in Calais eine **Spitfire** wieder zusammengebaut hatte. Aber Ersatzteile von einem sowjetischen Flugzeug aus der Vorkriegszeit zu finden – absolut keine Schnitte! Die mußte man sich schon mit der Drehbank selber bosseln. Eins nach dem anderen. Die reinste Goldschmiedearbeit. Raymond liebte diese alten Flugzeuge, weigerte sich jedoch, das alles für lau zu machen. Der Stalinist, der er in seiner Seele sicherlich noch immer war, tönte hochtrabend: Es steht geschrieben, daß ein Flugzeug sowjetischer Fabrikation das Kapital ein Maximum kosten soll. Gabriel regelte das von einemmal aufs andere. Die **Polikarpov** würde, einmal fertig, genausoviel Schotter gekostet haben wie eine **Concorde** aus Platin. Doch das war nun mal der Preis dafür, einen Mythos zu erhalten.

«Ich hab soviel, daß ich die ganze Nockenwelle bezahlen kann.»

«Hast du 'ne **Crédit agricole** ausgeraubt?» witzelte Raymond.

«Du bist schlimmer als alle kapitalistischen Profiteure zusammen.»

«Ich arbeite auf Kostenbasis, das ist alles. Das ist normal, und das ist genossenschaftlich. Da drüber bleibt mir gerade noch genug, um ein paar Gauloises zu kaufen.»

«Ich hab geglaubt, du rauchst Gitanes.»

«Hab die Marke gewechselt. Bist schon lang nicht mehr hergekommen.»

Gabriel reichte ihm zwei Bündel Scheine.

«Das ist für die Welle. Aber es gibt noch 'ne Zulage. Was krieg ich von dir für 'nen Twingo?»

Raymond dachte einen Moment nach.

«In Schuß?»

«Neu oder fast. Leihkarre.»

«**Avis** oder **Hertz?**»

«**Locacaisse, Rent a bagnole,** ich weiß nicht mehr.»

«Ich mache dir die Steuerklappen, die Bedienungselemente und die Seilzüge. Aus schwedischem Stahl.»

«Verkauft. Tausch die Nummernschilder aus.»

«Mach dir keine Gedanken. Der ist nicht für mich. Meine Schwägerin hat gerade ihren Opel zu Klump gefahren. Die soll sich drum kümmern.»

«Du bist ein Gangster, Raymond, das wird noch mal dein Untergang sein.»

«Genau. Und du stellst mir im Knast dann den Anstaltspfaffen vor.»

Gabriel mußte lachen. Man mußte wirklich gut in Form sein, um Raymond bei diesem Spiel der treffendsten Replik zu schlagen. Dieser Kerl hätte Drehbuchautor werden müssen, da würde man sich beim Fernsehen weniger langweilen. Und außer seinem spitzzüngigen, gut geschmierten Mundwerk hatte er auch noch ein goldenes Händchen. An der pakistanischen Grenze hätte der Typ dir aus einer defekten Waschmaschine eine Kalaschnikow zusammengeklopft. Doch er hätte niemals für lau gearbeitet. Damit durfte man ihm nicht kommen. Er besaß einen ausgeprägten Sinn für seinen Tauschwert. Und Gabriel hatte keine Ahnung, was er mit der ganzen Kohle anstellte. Vielleicht alimentierte Raymond die Kassen der Albanischen Kommunistischen Exilpartei, oder aber er war derjenige, der Robert Hue heimlich mit falschen Bärten ausstattete.

Gabriel stieg in das Cockpit, ließ sich auf dem Riemensitz nieder und betrachtete versonnen die Armaturen, die kleinen runden Skalenanzeiger, altmodisch wie Taschenuhren. Drei davon mußten noch ausgewechselt werden. Sein Leben für einen Anemometer aufs Spiel setzen, das hatte wirklich Stil. Er war versucht, die lederne Fliegerkappe aufzusetzen, die er damals unter dem Sitz gefunden hatte, und so zu tun, als rufe er den Tower. Aber er hatte keine Lust, Raymonds Sarkasmen über sich ergehen zu lassen.

Also legte er schweigend die Hände um den Steuerknüppel, und da flog er schon am Himmel Spaniens, hoch über Saragossa.

Die Luft war kristallklar.

Das Blau des Himmels über ihm war beinahe violett.

Gleich würde er, völlig ungestraft, Bomben auf die Faschisten abwerfen.

Endlich.

Zur Knospe werden
Des jungen Bambustriebes
Das Ziel des Menschen.

Matsuo Bashō

PULP und die Petze Glossar

Auf Turkey Auf Entzug.

Bollock (engl.) Hoden. *Never Mind the Bollocks* heißt ein Album der Sex Pistols.

Canal Plus (Canal +) Pay TV.

Cantona, Eric Sehr bekannter französischer Fußballer.

CNT-FAI Confederación Nacional del Trabajo-Federación Anarquista Ibérica; 1936 in Spanien gegründete Vereinigung der Anarchistischen Arbeitergewerkschaft und der Anarchistischen Föderation.

Durruti, Buenaventura Spanischer Anarchist (1896–1936), im Spanischen Bürgerkrieg (*Durruti-Kolonne*) bei der Befreiung Saragossas und der Verteidigung Madrids aktiv.

Hue, Robert Vorsitzender der französischen KP.

Inrockuptibles Verballhornung von *incorruptibles*, die Unbestechlichen; realexistierende Zeitschrift.

Malebranche, Nicolas de Oratorianer und Philosoph (1638–1715); wörtlich übersetzt bedeutet sein Name *schlechter Ast*.

Maupassant, Guy de Franz. Schriftsteller, geb. 1850 auf Schloß Miromesnil, gest. 1893 an den Spätfolgen einer Syphilisinfektion.

Minc, Alain Publizist im Bereich Politik und Wirtschaft; für den Autor Sinnbild der Unfähigkeit.

Morin, Edgar Tatsächlich ein angesehener Philosoph und Mitglied des Centre Nationale de la Recherche Scientifique, CNRS.

RG, Abkürzung von **Renseignement généraux** Französischer Nachrichtendienst, in etwa mit dem dt. Verfassungsschutz vergleichbar.

Savoir nager ... Schwimmen können wie Fernandel.

Villiers, Vicomte Philippe de Politiker, mehrfacher Präsidentschaftskandidat aus der als konservativ geltenden Vendée; steht einer erzkatholischen und äußerst rechten Gruppierung vor.

WUNDERLICH TASCHENBUCH

6016-6

26019-0

26075-1